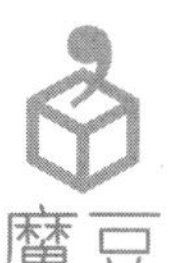
魔豆

魔豆

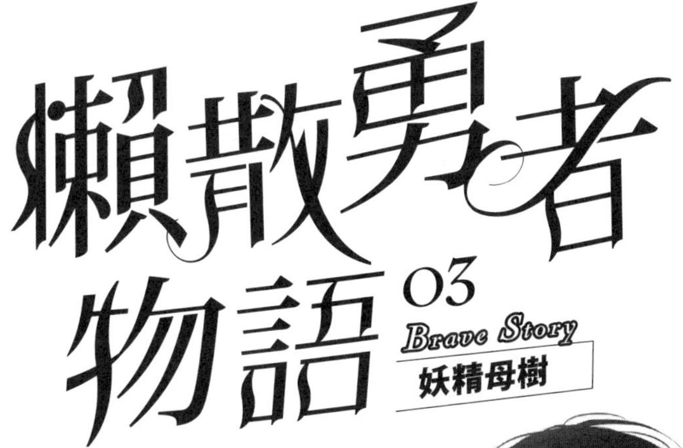

香草／著

目錄

懶散勇者物語 CHARACTER

水靈

誕生於聖湖靈氣之中的精靈，似乎擁有自己的語言。是手掌般大小的少女形態。

夏思思

17歲長髮少女。被真神召喚至異世界的勇者。總喜歡穿著寬鬆衣服，讓人看不出她到底有沒有身材……個性有點懶散，也很怕麻煩，但卻聰明、思緒敏捷。
擁有強大精神力、能穿越任何結界。

卡斯帕/伊修卡

15歲，雙重身分（真神/祭司）。
化身為卡斯帕時，外貌絕美，身著精靈常穿的長衫。當身分為伊修卡祭司時，長相平凡，身穿祭司白袍。雖身分尊崇卻性格輕率跳脫，以旁觀勇者的旅途為樂。

埃德加

24歲，聖騎士團第七隊隊長。
難得一見的標準美男子。個性嚴謹，給人有點冷漠的感覺，卻有著外冷內熱、充滿正義感的一面，是名信仰虔誠的信徒。
魔武雙修，能力高強。

艾莉

實際年齡為25歲（雖然像15歲），隸屬埃德加麾下。很有鄰家小妹妹的感覺，但是其實非常喜歡惡作劇，又很毒舌，喜歡吐槽自家夥伴。然而，她過於年輕的外貌似乎隱藏著某個祕密……

奈伊

年齡不詳，是被教廷封印的高階魔族，但卻聲稱自己不食人肉！個性單純、不諳世事，被夏思思解除封印之後，便將她視為「最重要」與「絕對服從」的存在！

艾維斯

22歲，亡者森林裡的首領。
臉上常掛著若有似無的笑意，有著獨特又神祕的魅力。擁有一頭金紅及肩長髮、中性美的端正五官，性格卻聰慧狡詐。

ch.1
初遇妖精

被捲入佛洛德所造成的空間裂縫中，夏思思只覺一陣天旋地轉。這種從一個空間瞬間被拉扯至另一個空間的暈眩感，簡直就像當初被卡斯帕呼喚進異世界時的感覺。只是當時夏思思是跌坐在柔軟的草地上，此刻卻「噗咚」一聲掉進了急速流動的河水中。

完全沒預料到落腳點竟然不是陸地，夏思思頓時吃了一驚，喝了幾口河水後才想起自己擁有一身魔力。

集中精神默想出飄浮魔法的咒文，夏思思就像是浮萍般平穩地跪坐在水流之上。咳出了幾口河水後，少女環視四周，並欣喜地看到同伴們全都安然無恙——雖然和她一樣被意料以外的狀況弄得狼狽不堪就是了。

上岸後好一陣子都沒有人說話。到最後大概是忍受不了這沉重的氣氛，凱文吁了口氣道：「這次我們還真是狼狽呢！」似乎在說著此刻的狀況，但大家都知道青年所說的是這次任務的結果。

「嘛，反正人生本就不能事事順意的吧！還好艾維斯機警、反應快，我們還不一定無功而返的啦！」不同於眾人沮喪沉重，夏思思慵懶地有一下沒一下地擰著濕透的衣角，後來乾脆使用魔力把身上的河水集合成一顆小水球拋回河道裡。

「不敢當，思思妳也不弱於我呀。」

「哦？」

艾維斯笑了笑，眼神若有所指地瞟了少女有點隆起的衣袋一眼，沒有說話。

「可是，思思，艾維斯剛剛向對方宣戰了吧？爲什麼妳看起來一點兒也不擔憂難過？」奈伊疑惑地詢問。少女老是標榜自已酷愛和平，是個反戰派，可是現在艾維斯向對方宣戰了，怎麼夏思思卻是一臉的不在乎，反稱讚對方機警？

少女白了奈伊一眼，反問：「難道我們不宣戰，這場仗就不會打了嗎？」只是簡單的一句話，頓時所有人都是一臉恍然大悟的神情。

的確，北方賢者佛洛德參戰也好、不參戰也罷，這場與闇之神的戰爭早已是在所難免的事實，那麼宣不宣戰又有什麼差別呢？佛洛德擁有隨意連接空間的能力，萬一他利用空間魔法躲在暗處給他們設陷阱那就糟糕了。

艾維斯就是看出這點，才以戰爭的名義約定時間及地點，這樣一來才有機會再次接觸賢者。

不然的話，可以想像往後的日子對方必定會躲得更深更遠。

「可是這也不能保證佛洛德會親自上陣。」諾頓滿臉愁容地說道。

「不會的，他會來。雖然我和佛洛德只是初次見面，談不上對他多熟悉，但如果他只是個空有實力而品格低下的人，我想布萊恩陛下是不會想要把他迎回王城，也無法獲得小埃你們的尊重對吧？所以我想既然他答允了，自然就會堂堂正正地進行決戰。何況若是他真的喜歡伊妮卡，而黑翼小姐又是真的如風靈們所說般很寶貝這顆水晶球的話。」說罷，少女狡黠一笑，從懷中取出了暗黑色的水晶球。

「呀！」看到水晶球後眾人不約而同地驚呼，以不可思議的眼神盯著夏思思。

勇者闖空門盜竊，失主是北方賢者？

這世上還有比這更詭異瘋狂的事情嗎？

夏思思得意洋洋地把水晶球收好，完全沒有絲毫做賊應有的心虛，道：「佛洛德叛變一事似乎另有隱情，我想有必要弄清楚當年他背叛的原因。另外對於奈伊所發現的碎片以及雪女所提及的預言我也很有興趣，我們還是先回王城一趟吧！艾維斯，你與賢者所約定的雙月之日是在什麼時候？」

「不就是在霧影花開以後的一天嗎？」青年奇怪地反問。

「……請直接告訴我確實的日期吧，謝謝！」

艾維斯這才想起夏思思來自與這裡環境完全不同的異世界，對於這個世界計算時間的方法沒有任何概念。

青年從善如流地換上一個少女應該能夠明白的說法道：「還有一年。」

「一年，也就是三百六十五天對吧？」

「思思，一年不是有三百八十天嗎？」一旁的奈伊訝異地反問。

聽到奈伊的詢問，夏思思終於忍不住很戲劇性地仰天大大地嘆了口氣。

異世界，唉！異世界……

看到夏思思這孩子氣的舉動，眾人相視一笑，隨即發現滿心沮喪失落的心情竟在不知不覺間不翼而飛，少女簡單的幾句話便令他們重新燃起希望與勇氣。

也許「勇者」二字所代表的含意不只是「很勇敢的人」，也能代表著「會帶給人們勇氣的人」吧？這一點夏思思無疑做得很好，說不定這正是眞神挑選這個少女當勇者的原因。

「三百八十天嗎……時間還算充裕，先回王城一趟吧！」下了決定後，夏思思轉而詢問艾維斯道：「你怎麼辦，要先回亡者森林嗎？」

「不，請讓我跟著你們。這件事情已經不能說是與我們毫無關係了。」

夏思思挑了挑眉，艾維斯這番話很奇怪，也許對方是因爲向魔族下了戰書，爲了責任問題而留下，可是如此一來青年口中的「我們」便令人費解了，何況夏思思很清楚艾維斯根本就不是個憂國憂民的人。

雖然疑惑，但夏思思並非刨根究柢的性格，對她來說多一事不如少一事，影響不到自己的事情也就懶得多管了。因此少女聞言也只是笑了笑，並沒有多問，道：「也好，這種時候多一個幫手也是好的。」

隨即少女把目光投向另一名同伴道：「那諾頓你呢？」

諾頓思考了一會兒，最終歉意地道：「雖然知道即使我過去也幫不上忙，但我還是想先往冰雪王國走一趟，看過妹妹以後我會到王城與大家會合的。」

青年的決定早在夏思思的預料中，即使諾頓沒有了莎莉公主的相關記憶，但他是個重感情的人，這點從青年爲了救只照顧他半年的夫婦，便願意冒著生命危險去取龍血中可得知。

忽然，夏思思看著青年的眼神變得不懷好意，只見少女賊賊地笑道：「諾頓，我派一個任務給你吧！」

勇者大人的笑容令龍王陛下有點退縮，但另一方面卻又止不住好奇心，心想夏思思大不了也只會開些無關緊要的玩笑，也就爽快答應了下來。

夏思思立即眉開眼笑，生怕他會反悔似地馬上發放魔力使出祕銀，繼而交代道：「一會兒銀鏡便會聯繫上一名你從沒見過面、名為泰勒的聖騎士，他是我們留駐在亡者森林的同伴，你只要代我們告訴他由於事態有變，請他繼續在森林留守一段時間就可以了。」

「就這些？」

「就這些，簡單吧？」少女肯定地點了點頭。

諾頓滿臉疑惑地走到銀鏡前等候，忽然發現不止夏思思，身邊的人竟像見鬼了似地走得一個不剩！

眾人的反應讓諾頓開始不安，青年懷著警戒的心情等待著，下一秒鏡中便浮現

出一個粗獷男子的影像。

就在戰戰兢兢的諾頓想要打聲招呼之際，一聲令人異常懷念的泰勒式招牌怒吼響徹雲霄。

□

夏思思一行人遠離諾頓一大段距離後，便暫停下來邊休息邊探路，經過了大半小時後諾頓這才無精打采地緩步走來。

看到青年一副筋疲力竭的神情，眾人先是以所剩無幾的同情心替他小小地哀悼一下後，隨即便忍不住惡劣地勾起了幸災樂禍的笑容。

「如何？你有替我們解釋事情的經過，並且叫他繼續留守了嗎？」

「當然，只是泰勒很不願意就是了。」

「然後？」

「然後就是我被他狂吼了整整三十分鐘，感覺上就像是失聰了半小時似地。」

青年老實地回答道。

看到諾頓委屈的表情，眾人終於再也忍不住了，老實不客氣地當著當事人的面捧腹大笑給他看。

良久，總算笑夠了的夏思思，這才喘息著說道：「如此一來艾維斯你就安心和我們同行吧！泰勒會好好守在亡者森林裡的，聖騎士是妖獸的剋星，有他在的話，你在森林裡的同伴的安全可以獲得保障。」

隨即轉向一旁的諾頓道：「至於諾頓，你到達冰雪王國後先與艾莉會合，就是那名曾在通訊中出現過的女騎士。順道告訴她我們會先回王城，要留守在冰雪之國還是到王城找我們，就由艾莉自行決定好了。」

說到這裡，少女思考了一下，接著續道：「剛才你與泰勒通訊時，凱文已確定了我們所在的位置正處於克勞德城的領地，克勞德是水城愛得萊卡的鄰鎮，一會兒奈伊會告訴你到冰雪之國的路該怎麼走。說起來，佛洛德雖然研究出傳說中的空間魔法，但對魔法的控制似乎還未成熟，只能把我們強制轉移至不遠的地點。而且我猜他對傳送的位置並不能隨心所欲，不然他只要把我們丟下懸崖啊、大海中心之類

的地方，豈不是打都不用打便能把對手幹掉嗎？」

聽到夏思思的分析，眾人全都嚇出一身冷汗，在慶幸著自己撿回一條命的同時也對佛洛德的能力深深忌諱著。以這個人的聰明才智，把空間魔法研發成熟只是時間的問題，不能把對方拉回自己的陣營實在太可惜了！

突然，諾頓手臂綠光閃爍。伴隨著烈風，青鳥從諾頓手臂上現形以後便迅速往青年旁邊的草叢飛去。就在眾人全都被突如其來的強風吹得東倒西歪之際，又是一陣烈風颳起，一道小小的身影被強風從草叢捲至半空，隨即「砰」地一聲跌落在眾人眼前。始作俑者的青鳥則是不知什麼時候已回到龍王的肩膀上，囂張地啼叫著。

摔跌在地上的人影邊呼著痛邊站起身，竟是個小小的男孩。孩子有著一頭溫潤的蜜色短髮以及絕不屬於人類所有的尖長耳朵。一雙大大的金綠色眸子迷茫地眨了眨，摔得頭昏眼花的他顯是仍未弄清楚眼前的狀況。

眾人頓時猜出了大概，想是青鳥察覺到有人躲在暗處偷看，便現身用強風將對方拽出來了吧？

「是妖精，一種由『母樹』所生，居住於森林及原野的種族。傳說妖精的母樹是由遠古時期精靈族的生命之樹分枝而來的，因此妖精可說是遠古精靈的近親。他們不會長大，是個永遠保有孩童外表及內心的神奇種族。」看到夏思思興致勃勃地打量著眼前的孩子，埃德加便盡責地代爲解釋。

「就是說他們會像彼得潘故事中的那些孩子們一樣，永遠都不會長大嗎？」少女驚歎地猛眨眼睛。

「雖然我不知道彼得潘是誰，可是這個種族的確不會成長，而且長相全都非常地白嫩可愛，只是……」

埃德加的話還未說完便被人打斷了，只見那名看起來柔弱純真、如小白兔般惹人憐愛的小妖精，用著那張純潔得不能再純潔的可愛臉龐，對眾人惡狠狠地破口大罵起來，道：「你們是什麼人隨意闖進我們妖精族所管轄的原野上這種行爲與那些任意踩進別人庭院的流狼貓狗有什麼分別這就是人類的處事作風嗎難道人類就特別偉大嗎人類長得高就很了不起嗎你們是看不起我對吧是看不起吧!?」

連珠炮似的怒罵轟得眾人頭昏腦脹，夏思思實在無法爲這一連串沒有停頓的怒罵聲加上任何頓點。

妖精嬌小可愛的外表下竟是如此刁蠻潑辣的性格，看他那副囂張得不可一世的模樣，與安朵娜特公主的蠻橫神情實在如出一轍。偏偏孩子一開口便會露出如小動物犬齒般的小小尖牙，配上那雙尖長的耳朵以及貓般的大大瞳孔，該死的，實在是與那惡劣性格及言行很不相配地可愛呀！

直至孩子那一大段罵人的話說罷後，埃德加總算能道出先前未說完的話：「只是他們喜歡惡作劇，性格潑辣頑皮又任性，總是喜歡作弄旅人令其迷失在森林中，是個讓人頭痛萬分的種族。」

看小妖精短暫歇了歇以後便繼續開罵，夏思思不禁有點想念艾莉。若這位毒舌女騎士在場的話，必能與眼前的潑辣妖精戰個平分秋色，來個精彩的世紀大決戰。很可惜，夏思思也知道這只是個不切實際的妄想，因此也就放棄了這個異想天開的想法，向奈伊呶一呶嘴，頗有女王的意味。

看到勇者大人下旨，奈伊立即盡責地當起調和的角色來，道：「抱歉，未經你們的同意便進入了妖精的領地，我們……」

「你是魔族吧？」孩子斬釘截鐵地打斷奈伊的話。

「呃……」奈伊不知所措地回望少女，本來眾人的侵入已招惹對方不悅了，這種狀況下他實在不知道是否應說實話。

就在奈伊進退兩難之際，一旁的夏思思卻率先回話了。少女沒有表露出絲毫爲難與慌亂，只是理所當然地以陳述事實的語調說道：「奈伊是魔族沒錯，那有什麼問題嗎？」

妖精那雙貓科動物般的瞳孔定定地看著奈伊一會兒後，便聳了聳肩道：「沒什麼，反正他身上並沒有刺鼻的血腥味，我只是想確認一下而已——看看是哪些白痴帶著魔族在我們的領土上閒逛。」

說罷，孩子拍了拍身上的灰塵轉身便要離開，臨行前竟還不忘惡狠狠地怒瞪青鳥一眼。青鳥本就是愛惹事的個性，自然不甘示弱地揚起翅膀，回以「要幹架的話我奉陪」的挑釁神情。

夏思思直至此時才知道原來鳥也可以露出這麼豐富的表情，而且如此地欠揍。

埃德加若有所思地瞇起雙眼，詢問正要離開的妖精，道：「這裡是通往人類城鎮的道路，據我所知，妖精是不會離開出身的原野，更不會進入人類居住的城鎮。

而且你們是群居的種族，怎麼只有你孤身一人，你的族人呢？」

妖精眼珠一轉道：「我的族人嘛……他們全都去參加王城一年一度的『驚懼！試膽大賽』了。」說罷，孩子不再久留，立即轉身就走。

「咦咦！王城有那麼有趣的比賽嗎？」酷愛鬼怪故事的夏思思立即閃爍著亮晶晶的雙眼，興致高昂。

「……王城從來沒有過這種活動。」埃德加冷冷說道：「妖精很愛騙人，這句應是謊言。」

「真是壞孩子。」夏思思一手拉扯著妖精的衣領，微一使力便把對方像小動物般提了起來。妖精的外表雖像人類的三歲幼兒，可是體重竟只有貓兒般的重量。

想不到一使力便輕鬆地把對方整個人提了起來，就連始作俑者的夏思思自己也被嚇了一跳。

「放開我！」孩子激烈地掙扎著。夏思思見狀手一鬆，妖精便像貓兒般靈巧著地，轉身向少女狠狠一瞪道：「別碰我！我最最討厭人類了！」

看著妖精往克勞德城的方向跑去，諾頓若有所思地說道：「我想至少這句話他並沒有說謊。」

沉思半晌的艾維斯，也是意有所指地說道：「聽聞克勞德城的領主風評一向不太好。」

兩名聖騎士聞言立即想起先前在舞會中遇上的緋紅身影。的確，當時在奧汀身邊並沒有那個如孩子影子般存在、與他寸步不離的人。克勞德城是愛得萊卡城的鄰居，領主的惡劣風評自然很輕易便會傳至在水城參加舞會的奧汀耳裡。以男孩的性格是絕不會對此事置之不理的，派出「黑麒」埋伏視察的可能性很高。

聽到艾維斯的話，夏思思聳了聳肩，懶洋洋地笑道：「我並不想扯進什麼麻煩事裡，克勞德城是離開原野的必經之路，大家就提高警覺前進好了，可別因好管閒事而捲進妖精與人類間的紛爭喔！」

□

從同伴口中聽過克勞德城領主的一些劣跡，夏思思為免他們這群外表惹眼的外

來者招惹到麻煩，乾脆決定讓埃德加與凱文穿上聖騎士的鎧甲招搖過市。心想這個領主再貪心，也不會膽大包天得向聖騎士伸手吧？

看到兩人拔出腰間的佩劍，動念間一道銀光便由他們握劍的手迅速延伸至全身，隨即一身銀光閃閃的鎧甲便已穿戴在兩人身上，兩名英氣的年輕劍士頓時變成了威風凜凜的聖騎士！

看到聖騎士這項特技，夏思思不由得再次羨慕著他們換衣服的速度，這樣子多快、多便利啊……不過她卻不敢把這個想法說出來。因爲埃德加曾經爲她向教廷申請了一套有相同功能的鎧甲，只是她怕重怕惹眼，所以一次也沒有穿過，把那套有錢也買不到的貴重鎧甲丟在衣櫃裡積塵。

不知道是不是因爲隊伍有聖騎士在，傳言中的高昂入城費並沒有出現，在城衛兵畢恭畢敬的視線下，勇者一行人很順利便進入到城裡。

作爲西方通往王城必經路線的克勞德城，卻沒有夏思思所想像的富裕與熱鬧，街道上一片蕭條，行人全都木無表情地逕自行走，是一個了無生氣的城市，完全看不出大型城鎮應有的活力與生命力。

「又客滿了？」夏思思抱怨地道：「你們眞的客滿了嗎？可是我看旅館中的旅客那麼少，應該還有空房才對。」

與行色匆匆的諾頓分別後，勇者一行五人便先找旅館投宿。本以爲該是輕而易舉的事卻屢屢碰壁，這已經是第五間對他們謊稱客滿的旅館了！

先不論隊伍中有著兩名受民眾敬仰的聖騎士，光是奈伊他們的「美貌」應該也足以讓別人留下好印象了吧？這還是勇者小隊在旅程中首次遇上這種不受當地人歡迎的狀況。

夏思思不由得摸了摸自己的臉。

他們什麼時候變得面目可憎起來了？

「說沒有就是沒有！我們可沒有房間給你們這些王城來的走狗居住！」忽然店主懷內的小女孩尖聲叫道。店主嚇了一跳，立即摀住小女孩的嘴巴，向夏思思等人露出僵硬的笑容道：「小孩子亂說話而已，我們眞的沒有空房，各位請回吧！」

環視四周，居民們都以冷漠卻難掩恨意的視線盯著他們，夏思思頓時恍然大

悟，說了聲「打擾了」便離開了旅館，見狀還想留下來了解狀況的埃德加等人只得尾隨著少女離開。

確定那群投宿者確實離開後，店主這才鬆下摀住女兒嘴巴的手，低斥道：「露絲！妳怎麼亂說話了！」

小女孩一雙眼睛睜得大大的，執拗地說道：「可是大家都是這麼說的，露絲沒有說謊。」

忽然旅店的大門再度被打開，卻是剛才的少女與其中兩名青年去而復返。只見少女可憐兮兮地說道：「老闆，其他旅館也客滿了，我們就只有三人，你能想辦法空出兩間房間給我們嗎？」

「另外兩名聖騎士呢？」店主猜疑地看著這個只是出去了一會兒，人數便減少了兩人的小團體。

「我也不太清楚，我們只是湊巧同路這才一起同行。也許他們到別的旅館去碰運氣了吧？他們的行蹤又怎是我這種普通老百姓所能猜測得到的。」

聽到這裡，奈伊與艾維斯在旁小聲交頭接耳起來道：「一下子便與那兩人劃清界線了呢！」

「說不知道聖騎士的行蹤……不就是思思聽到那個小女孩的話之後，猜測到聖騎士的存在正是令團隊不受歡迎的原因，於是便把埃德加他們撇在外頭命他們不准跟來的嗎？」

店主打量了眼前三名少年男女好一會兒，覺得他們的衣著的確不像什麼有權勢的人以後也就態度一轉，隨手便把房間的鑰匙遞上，道：「房間在二樓，一天七枚銅幣，包早午晚三餐食住費用。」

「謝謝！」接過鑰匙，夏思思道：「我想先吃點東西，老闆，旅客在這裡的餐廳用餐有優惠嗎？」

「有的！所有在本旅館住宿的旅客點餐都有八折優惠喔！」店主隨即熱心爲他們介紹旅館的招牌菜，態度與先前的冷漠完全不同。

這間旅館的餐點風評不錯，位於下層的餐店除了住宿的客人外，也吸引不少當地居民光顧。夏思思等人坐下後，便聽到不少當地人正以埃德加兩人爲話題討論。

「今天在街道上看到兩名聖騎士呢！眞討厭，該不會是亞伯特那傢伙派過來的吧？」

「應該不會吧……教廷不是不管權貴的事情嗎？」

「誰知道呢？不然你說我們這裡又沒有魔族出沒，那二人過來這做啥？既然亞伯特先前曾收買過王城派來的檢察官，有聖騎士來爲他撐腰也不是太出奇的事。」

「聽說了嗎？昨天威廉病了沒去礦場，便立即被人抓進牢中了。士兵說他裝病逃工什麼的……眞是笑死人！難道就連生病也不可以嗎!?」

「最近稅收愈來愈繁重，今天一個名號，明天換一個名號又是一項新稅收了。工作大半天還是不到半枚銀幣入袋，這種日子教人怎麼過下去？」

看眾人說得咬牙切齒，夏思思好奇地開口詢問道：「你們口中的亞伯特，就是這個城鎮的領主大人嗎？」

居民見夏思思只是名年輕少女，加上她那清純無辜的外貌實在太有欺騙性了，幾名喝了幾杯酒下肚的男客人說得毫無顧忌：「正是這個城鎮的領主！這個人剛就任時還算好，稅收也只是比王城規定的多了一點，這種分量我們倒還能應付。」

「只是當他發現城鎮旁的原野、也就是妖精們的領土中藏有大量法石後，便開始貪婪起來。不光入侵妖精的領土，更強制城內壯丁挖掘法石。開採的費用則由加重稅收來填補，這麼一來我們還怎樣生活下去？」

「唔……法石嗎？」夏思思回想著在宮殿學習時所得來的知識。所謂的法石外表與普通石頭無異，簡單來說就是一種魔力增幅器似的能量體。法石用作魔法陣基石的話效果比水晶更好，它的碎末還能使用在鍊金術與繪畫卷軸上，大大增加鍊金製品與卷軸的成功率，是非常稀少珍貴的魔法石。

「思思，妳想怎麼做，要利用勇者的身分來好好教訓一下那個領主嗎？」艾維斯笑著小聲詢問。

夏思思正要回答，卻在看到走進旅館的客人臉孔時有點意外地愣了愣，隨即嘴角泛起了一絲狡黠的笑意。

ch.2

緋劍伯爵

「謝謝，我還以為今天要露宿郊野了呢！只是蘇珊女士妳讓我們留宿沒關係嗎？這座城鎮的居民都憎惡來自王城的人，我們留下來會不會連累妳了？」接過婦人遞來的熱茶，凱文滿足地喝了一口。被多間旅館拒絕後本來他已經死心了，想不到卻迎來好心人熱情的招待。

「沒關係沒關係，現在的年輕人就是血氣方剛，大嬸我只是看不過眼出手相助而已，他們誰敢多說什麼!?」五十多歲卻仍中氣十足的婦人笑著擺了擺手，豪爽地拍了拍心口道：「那群小鬼只是在遷怒而已，放心！他們哪一個不是我看著長大的？這群笨蛋口硬心軟，即使心裡不高興也不會對我做出什麼來的，你們安心住在這兒吧！」

「不勝感激。」微微頷首，埃德加詢問道：「蘇珊女士為什麼會願意收留我們？難道妳就對我們沒有怨懟嗎？」

「哈哈哈哈！真是個多疑的孩子，可是我欣賞你的坦率。」沒有絲毫被質疑的不悅，婦人聞言只是哈哈大笑地拍了拍埃德加的肩膀，這令凱文不禁佩服起這個大剌剌的大嬸來。

竟能毫不畏懼地接近埃德加，還一臉自來熟地與他交談，這個大嬸絕對不簡單啊……

「因爲我知道並不是所有當官爲兵的都是壞人，當中也有不少是眞心保護我們這些窮苦老百姓的。」以懷念的語氣，老婦人喝了口熱茶回憶著，道：「當年我就是因爲一名貴族劍士的幫助，這才從妖獸的利齒下生存下來。」

「那就是說我們此刻能居住在溫暖的房子中，也是託了這名劍士的福了？」凱文打趣地問道。

「是呀！」蘇珊風趣地眨了眨眼，道：「當時大嬸我呢雖然年紀也不輕了，可還是被他徹底迷倒了呢！那眞是一個好男人啊！有著漂亮的緋紅髮色與眸子，是一名既溫文又優雅友善的貴族男子。」

□

打開旅館大門的是一名相貌精緻漂亮的紅髮男孩，與夏思思初遇他時的華麗衣

著相比，此刻孩子只穿著款色簡單的平民布衣。即使如此，孩子特有的高貴氣質以及緋紅的髮色還是很惹人注目。然而夏思思凝神一看，卻發現孩子那雙本與髮色同樣美麗的緋紅眸子，此刻竟變成了很平凡的棕色，這令少女有點不滿地抿了抿嘴。

看到身為投宿者的男孩沒有大人陪同而略感奇怪，可是店主還是熱心地上前招呼道：「客人是要來投宿的嗎？」

孩子本要點頭，眼角卻在掃到某名正朝他擠眉弄眼的少女後忽然退後了一步，然後面無表情地就要把門關上。

可惜男孩關門的動作雖然快捷又乾脆，卻還是快不過魔族那敏捷的速度。夏思思一聲令下，眾人只覺眼前一花，那名坐在少女身旁的英俊青年不知什麼時候已來到大門旁邊，一手撐著大門阻止了男孩把它關上。

看著不懷好意的夏思思緩步逼近，奧汀竟還能面不改色地保持著那副老成持重的表情。只是看男孩不由自主退後一步的小動作，還是可以知道他對夏思思那不按牌理的舉動滿忌諱的。

只見夏思思悠然笑道：「竟然一看到我便跑，眞是個害羞的孩子呢！還是說你

是想與我來個夕陽下的你追我逐？親愛的。」

少女一番惹人遐想的話令奧汀嘴角一抽。開什麼玩笑！他知道要是自己跑的話，夏思思是真的做得出裝成情侶的樣子來追他的！而且追逐間少女還會附帶著丟臉的「嘻嘻嘻嘻」的笑聲……

想到這裡，奧汀臉都綠了。

奈伊有點同情、卻又有點羨慕地看著夏思思親熱地黏著孩子，隨即環視四周，疑惑地詢問：「艾維斯呢？」

夏思思抬頭一看，這才發現原本同桌吃飯的艾維斯不知什麼時候神祕地消失了，回想上一次青年在舞會失蹤時正好是她遇上奧汀的時候……少女若有所悟地看了懷裡的孩子一眼，聳了聳肩說道：「也許他吃飽了便先回房間吧！」

「這個孩子是小姐的朋友嗎？原來如此，我還在奇怪這麼年幼的孩子怎會一個人旅行。最近魔族出沒變得頻繁，遠行可不比以前安全了。」看夏思思與奧汀玩鬧得有趣，店主自來熟地與他們攀談起來。

「我們可不只是朋友的關係那麼簡單喔！對嗎？親～愛～的～？」

「妳、妳別胡說八道！」夏思思興致勃勃地看著奧汀紅著一張臉努力澄清著兩人的關係，只有這個時候孩子才會露出適合他年齡的表情。大概正因爲這個原因，夏思思才會那麼喜歡逗他吧？

「你別小看奧汀年紀小喔！他可是常年周遊列國進行表演的賣藝者，演奏小提琴的技巧是一流的呢！」

「不是!!」奧汀的內心在含淚吶喊著。

雖然很不爽夏思思老是把「賣藝者」這頂帽子往他身上扣，可是少女的說法正好完美解釋了他一個小孩爲何會單獨旅行。因此奧汀的眼淚也只能往心裡流，在眾人好奇的注視下僵硬地點了點頭。

「不過這座城鎮那麼蕭條，我想大家也沒有心情去聽奧汀你的演奏了吧？眞是太可惜了。」夏思思漫不經心地說著。

一名當地人嘆了口氣，道：「聽說王城有個流有初代勇者血脈的家族，家主世代被冊封爲伯爵，人稱『緋劍』。這位系出名門的家主雖然爵位並不算很高，但身爲『緋劍』的他卻是唯一能夠越級審查所有貴族、掌握著生殺大權的人。只可惜我們無論如何盼望，那人至今卻未能來到我們的城鎮。也許緋劍伯爵的事情根本就只是個被人美化的傳說，又或許連真神卡斯帕也放棄了我們，因此才沒有派遣使者來拯救大家吧？」

「喔，是這樣嗎？」喝了口茶，夏思思忽然拍桌站了起來，指著居民們罵道：「我聽了這麼久，你們到底爲自己的城鎮做過什麼了？被人踩在頭上，你們不敢反抗。對那名被稱爲緋劍的伯爵，你們又無法相信。對方沒有前來克勞德城，難道你們就不能派代表到王城求助嗎？把所有的錯誤都推在別人身上，自己則在自怨自艾地認爲自己很可憐，結果也就什麼都不做了。與其把氣出在來自王城的聖騎士身上，怎麼就不用這種膽量來對抗亞伯特!?」

把在場的人都臭罵了一頓後，夏思思不再理會目瞪口呆的眾人，只見少女緩緩地坐下，再悠閒地喝了口茶並感嘆了聲道：「呼～罵得口好乾。」

眾人絕倒……

「嗯？你怎麼忽然變得那麼乖巧？親愛的？」低頭看了看任她抱在懷裡的奧汀，先前明明就在拚死掙扎著的男孩此刻卻變得像隻溫馴的小貓，反令夏思思一時

間適應不良。

「沒什麼……」奧汀抿了抿嘴，小聲回答道：「就當是妳說的這番話的謝禮，給妳抱一會兒吧！只是下不爲例呀。」

說罷，奧汀抬頭看到夏思思因他的話而變得一臉困惑，不禁勾起了嘴角，輕輕地笑了。

□

暫住於蘇珊家裡的兩名聖騎士也與夏思思一樣，在這個陌生的城鎮中遇上了意想不到的人。

由於凱文被大嬸拉進了廚房幫忙，不速之客闖進來時便與留在客廳的埃德加碰個正著，兩人對望著大眼瞪小眼。

最後還是對方忍受不了埃德加的沉默，率先發難道：「怎麼你們會在這兒？是跟蹤我而來的嗎？」凶惡惡地張牙舞爪的小男孩，正是勇者一行人先前於原野中遇上的小妖精。

「……是我們先來的。」因孩子那惡劣的態度而皺起了眉，埃德加淡漠地應了一句。意思是先來的人是我們，若說是跟蹤的話，也應是後來才過來的你才對。

眼珠一轉，妖精不服輸地反駁道：「其實我是大嬸的孩子，這裡是我家，因此你們明明是跟蹤我而來的！」

「騙人。」哪有孩子喚母親作「大嬸」的？

「哎呀！妖精族的小殿下，與異地來的客人談得還愉快嗎？」伴隨著飄來的香氣，把食物由廚房端出來的蘇珊一見到孩子便笑容滿面，看得出她是打從心底喜愛眼前的小妖精。

「殿下？」同樣拿了一手食物的凱文好奇地從婦人的背後看過去，正好看到妖精老實不客氣地接過婦人手中的牛奶，津津有味地喝了起來。

「呀……這孩子是唯一由母樹根部誕生出來的妖精，在妖精群中地位最高，因此大家都這麼喚他的，算是我們替他取的綽號吧？」說到這，蘇珊那滿臉愉快的笑容忽然暗淡了起來，無奈地補充道：「在這場法石爭奪戰發生以前，我們與作爲鄰居的妖精族的關係其實還滿不錯。」

「那是人類不好！」孩子尖銳地反駁，模樣看起來簡直就是炸起了毛的貓咪，道：「在我們居住的領土上放置火藥，又擅自偷走母親的東西！」

「母親是指妖精族的母樹嗎？」面對孩子的指控，埃德加卻依舊冷冷地保持那張萬年不變的冰山臉：「你所指的『東西』是法石吧？這些並不是屬於你們……」

「它、們、是！」妖精咬牙切齒地一字字吐出話，以表達他的怒火及不滿：「你們人類所謂的法石，是我們一眾兄弟轉變岩石的元素製造出來的。這是母親大人最喜歡的零食，是我們送給母親大人的禮物！」

看到蘇珊嚴肅地點了點頭，兩名聖騎士交換了個微感訝異的視線。對於妖精這個種族他們所知不多，一直都認爲是軟弱無力的族群，卻與魔力強大的法石有著重大關聯，或許有機會的話該重新研究這個神祕的族群了，說不定還會有更多令人意想不到的發現。

小妖精放下手中的牛奶，抬起頭認眞地凝望著二人道：「你們雖然被居民所厭惡，卻又不是亞伯特的下屬，看起來也不像是爲了法石而來。王城的人到這個城鎮有什麼目的？」

回望妖精，凱文答道：「若我說是來助你們一臂之力呢？」

「凱文！」埃德加嚴厲地打斷下屬的話，他可沒忘記夏思思千叮萬囑他們別多生事端。

「可是，思思看起來好像滿喜歡這個孩子喔。若能撿到一、兩隻妖精給她作寵物，她應該會很高興吧！這可是討得她歡心、拉近你們距離的好機會啊！」凱文不懷好意地笑著，甚至還煞有介事地用魔法傳音道。

的確，夏思思好像意外地喜歡可愛的東西，雖然慵懶的天性讓少女總是表現出不拘小節的一面，可是女孩子畢竟是女孩子，還是對可愛的東西最沒抵抗力的吧？只是……

妖精不是野貓或野狗！能隨便說飼養就飼養的嗎!?

然而號稱聖騎士中最冷靜的冰山隊長，每每提及夏思思的話題時卻是最不冷靜的。凱文的一番話簡直成了魔障般不停盤踞在埃德加的腦海中，只見男子靜默兩秒後，便以有點心虛、有點不確定的語調，小聲地自言自語道：「應、應該可以養吧？」

在凱文聽不清埃德加所說的話而面露疑惑之際，埃德加放大音量宣布道：「雖然宗教不影響王權是教廷的宗旨，但身爲正義的聖騎士，我們絕不能對領主欺壓居民一事置之不理。我們明天一早會先到領主府與亞伯特領主交涉看看，不排除把事情如實上報至王城的審判所。」

聽到聖騎士的話，妖精立即毛遂自薦道：「我也要去！」

埃德加這番舉動本就爲了拉攏這隻可愛無比的小妖精，對於他的同行自然不會有異議。

「啊!?」面對埃德加的表態反應最大、表現得最驚訝的人，莫過於剛剛才自稱是來幫忙的凱文本人。

凱文目瞪口呆地看著與妖精虛與委蛇的埃德加，隊長大人的眼神赤裸裸地透露出算計與不懷好意。

不會吧？他發誓剛剛那飼養妖精的發言只是說出來開玩笑而已！

□

縱然帶在身邊這隻嘴巴狠毒的小妖精把領主府的守衛狠狠得罪了一遍，可是埃德加二人憑著「聖騎士」的身分，還是輕易地把妖精帶進了亞伯特的宅第內。

在亞伯特調任到克勞德城以前，埃德加曾因任務而到訪過這個男人所統治的城鎮。兩人甚至當年還帶領著各自的隊伍聯手消滅了一群妖獸，可說是有著過命的交情。當年這個以清廉聞名的領主把城鎮管理得井井有條，深受當地人民愛戴，記憶中的亞伯特與他在克勞德城所聽聞的人實在差別太大了。

果然人還是會變的嗎？

緩步走過來的男人還是一如埃德加記憶般有著高大身型、棕髮藍眼，只是當年樸素的衣著卻變成了華麗的禮服，一雙總是勤勞批閱文件的手，戴上多枚貴重浮誇的指環，本來滿載理想的雙眼亦不再明亮，變得灰暗無神。

看到亞伯特出現，身旁那不停批評這、批評那的妖精忽然沒有了聲音。兩人疑惑地低頭看去，卻見孩子睜大一雙驚懼的金綠眸子躲到凱文身後摀住耳朵，發抖著

小聲說道：「這個人……他身上發出好多怪異的雜音……好可怕……」

埃德加訝異地看了亞伯特一眼，雖然男人給人的感覺確實與以前差距極大，可是卻看不出對方有任何奇特之處，妖精所說的雜音，兩人更是完全聽不到。

當著亞伯特這個當事人的面不便深究，因此埃德加二人只是拍了拍孩子的肩膀安撫了對方幾聲，也就沒有把此事放在心上。

三人寒暄一番之後，埃德加立即進入正題道：「我們代表妖精族前來向閣下提出申訴，希望您能夠停止對妖精領土內法石的爭奪。」

亞伯特微微冷笑，一言不發地站起取下掛在身後牆壁的地圖後重新坐了下來，指了指攤放在桌面上地圖的某位置道：「誠如各位所見，妖精族的原野位於克勞德的管轄範圍。根據法律，領主有權開採領地裡的任何礦物，理所當然地法石也包括在內。何況這是本鎮與妖精之間的衝突，其中並不涉及魔族，因此應該不在教廷管理的範疇吧？什麼時候本屬教廷的『銀騎』開始管起我們『藍鷹』的事情來了？」

在人類帝國安普洛西亞中，各個權力單位都劃分有明確的勢力範圍，尤其王權與教廷的劃分更甚。除了作爲國家裁決機構的審判所以外，能動搖擁有藍鷹徽章領主們地位的人，就只有位於統治者頂點的國王布萊恩陛下，以及被歷代國王委以特權的「緋劍」。

埃德加他們能夠做的，只有把克勞德城的事通報給審判所查核，現在確實拿亞伯特沒奈何。

就在雙方僵持不下之際，外面忽然傳來擾攘嘈吵的聲音，亞伯特皺起了眉，不悅地詢問道：「發生什麼事了？」

立即便有一名侍衛恭敬回答道：「子爵大人，有群刁民來到宅第大門前鬧事，請放心，士兵已經到場鎮壓了。」

「太吵了。殺掉幾個鬧事的人，讓他們立即閉嘴吧！」亞伯特聞言，毫不在意地下達了血腥鎮壓的命令，完全一副不顧人民生死的模樣。

「閣下，你要士兵們把本應保護人民的劍，反用來指著平民嗎？」埃德加的語氣益發冰冷。眼前的人已經不是當年那名與他並肩作戰的戰友，也不再是那個受人民愛戴的善良領主了。除了容貌，埃德加完全找不到現在的亞伯特與記憶中的他有任何相似的地方。

「這些人不是普通的民眾，而是發動騷亂的暴民。難道就連我們藍鷹要鎮壓暴動，也需要銀騎來憂心嗎？」

「眞是好威風呢！亞伯特子爵。」會客室的門外傳來嘲諷的嗓音，雖然是孩子的聲音，然而話裡卻包含著一股沉穩又威嚴的獨特氣勢。

眾人隨即把目光移向聲音的來源，只見一名有著美麗緋色髮絲的男孩推開了會客室的大門緩步而進。駐守在門外的士兵全都失去知覺倒臥在地，生死不知。

「我奉勸一句話給你吧！看不起人民的領主，總有一天會被人民所消滅的。」

亞伯特聞言，臉上的驚訝頓時被怒氣取代，道：「閉嘴！你是什麼人？誰讓你進來的？」

「眞遺憾，我想閣下並沒有這個權力要我閉嘴。」孩子冷冷地說道。

亞伯特怒極反笑，只見他轉向在一旁看好戲的兩名聖騎士冷笑道：「看！這些刁民就是如此無禮，若我不殺一儆百的話他們又怎會害怕？」

「我想子爵大人您會錯意了，這位大人只是在陳述事實而已，只因您確實沒有命令對方的權力，反而該閉嘴的人應是您才對。」凱文幸災樂禍地笑道：「因爲一

直以來，藍鷹本就不享有與緋劍同等的發言權。」

震驚地轉身看向那名沉穩得過分的孩子，亞伯特這時才會意過來，道：「你就是現任的『緋劍』奧汀伯爵!?」

□

造成這次事件的導火線，正是發生在夏思思等人投宿的旅館中。店主的女兒在士兵衝進旅館收取保護費時忍不住惡言相向，最終被士兵一怒之下抓進牢房。

本來夏思思的一番怒罵已引起在場本地人的血性，看到士兵連小孩也不放過，立即激發了民眾強悍的一面，紛紛聚集到領主府大門前要求對方把女孩釋放。

此刻，奈伊站在夏思思的房門前苦惱著。他已經站在這兒敲了十五分鐘的門，雖說居住在這裡的客人不是去參與騷亂就是去看熱鬧了，因此青年並不怕自己的舉動會妨礙到別人休息。然而深深困擾著奈伊的是，即使他很有耐心地再敲十五分鐘，但真的會有用嗎？

答案是——肯定沒有！

正常來說，敲門以後沒有獲得回應，那敲門的人大都會認爲房間的主人根本不在房裡而作罷。可是奈伊與夏思思同行至今，實在有太多次在放棄的狀態下驚見少女若無其事地從沒人回應的房間中緩步而出，還附帶著一臉總算睡飽的滿足表情。

奈伊不是沒想過破門而入，之所以在門外裹足不前，是因爲勇者大人除了吃以外，最執著的就是睡了。爲了報復別人的打擾，夏思思睡前總會隨意在房裡布置幾個效果詭異的小魔法。在旅程開始不久，泰勒便可悲地中了少女埋伏的魔法而令臉上的鬍鬚瘋狂生長了足足一星期，從此之後便沒人敢在她熟睡時闖進去了。

看著「休息中，請勿打擾」的門牌天人交戰了好一會兒，奈伊抱著必死的覺悟手一扭，也不見他使出多少力便輕鬆地把門鎖弄壞，然後戰戰兢兢地探頭進去。

奈伊把魔力凝聚到雙眼，果然看到少女的身上充斥著淡淡的魔力……是消音魔法，也就是說自己必須進去拍她了……好想哭……

奈伊剛踏進房門便迎來四面八方射過來的十多道閃光，這些蘊含不知名魔力的光芒亂七八糟地變換著詭異的顏色，可想而知被射中的話下場必定好不到哪裡。青年完全不敢輕敵，一臉謹慎地凝聚出黑色的魔焰把閃光擋了下來。

然後就在奈伊躲過無數閃光、被設置在地上的小魔法滑倒好幾次，甚至打倒了會咬人的桌椅後，總算來到少女床邊。也虧魔族身體比人類健壯，在摔倒後能立即避開接踵而至的陷阱。若是普通人這麼一摔，恐怕再也沒有重新爬起來的機會了。

奈伊伸手拍了拍背向他沉睡著的少女的肩膀，怎料手竟直直穿過了夏思思的身體！青年被嚇到的同時，夏思思的身影也逐漸變得淡薄起來，然後漸漸消失無蹤。

震驚地看著眼前的夏思思消失了，隨即剛好醒來的本尊在房間另一邊現身，邊打著呵欠，邊慢吞吞地往青年的方向「飄移」過來。

奈伊不禁無言……這個從來沒看到她在戰鬥時使用多少魔法的勇者，原來連幻術這種冷門的魔法也懂嗎？

「嗯？你怎麼呆站在這兒了？奈伊。」奈伊的存在或多或少也讓夏思思清醒了一點。只見少女疑惑地歪了歪頭，表情說有多無辜便有多無辜。

「……是這樣的，聽說剛剛領主已向士兵們下了格殺令了。」奈伊最終還是決定把剛才那些驚心動魄的經歷埋藏在心底的最深處，換上滿臉的焦慮向少女報告

道。

「那又怎樣？奧汀不是跟過去了嗎？有他在的話，你先前告訴我的那個『一直尾隨著奧汀、感覺上很強』的黑衣人也會跟著過去。何況外面還有小埃與凱文在，他們也不會對領主的惡行袖手旁觀的。」

「可是『那個人』說勇者在場的話會有驚喜唷！」奈伊不知在學誰，句末的幾個字用著與他平常說話完全不同的語調很活潑地說了出來。歡樂的語調配合奈伊一臉緊張的表情形成了非常詭異的違和感，害夏思思起了一身雞皮疙瘩。

「哪個人？」奈伊這番話立即引起少女的好奇。

誰？誰敢命令堂堂的救世主、世界的希望、偉大的勇者大人我!?

面對夏思思那忽然變得不爽的表情，奈伊驚恐地後退了一步，道：「呃……是、是伊修卡祭司。」

聞言，少女一臉意外地愣了愣，隨即怒吼道：「不是說過別再偷看了嗎？卡斯帕！」

ch.3
魔族領主

「好吵！妳別吼，我聽得見。」忽然兩人身邊浮現出少年祭司淡薄的身影，這幻影看起來雖然滿像少女剛才所使出的幻術，然而卻是遠距離以神力控制空氣中的光線折射形成影像，以及用空氣的震動來展現聲音的高深法術，兩者的難易度可是有著天壤之別。

「就是知道你聽得見我才大吼的。」夏思思面露得意地看著少年摀住耳朵的動作，惡劣地笑道：「誰教你總是愛偷看！」

「有什麼會比眞神無時無刻看顧更讓人安心？妳這勇者可別身在福中不知福了。」卡斯帕說罷，便見少年的幻影一陣晃動後外觀大變，雖然仍是穿著大祭司的衣服，可是屬於「伊修卡」的平凡臉龐卻換成了「卡斯帕」絕色的美。

卡斯帕的話以及相貌的轉變，讓奈伊訝異地瞪大雙眼。然而身爲魔族，奈伊早就察覺到少年那身與眾不同的氣息，也可算是對此早有預感了，因此在驚訝過後奈伊倒是很快便恢復平常心。反正事情只要是對夏思思有利，那麼奈伊便會對此輕易接受。

「可是我覺得比起眞神的照看，若神明願意出一點力幫忙就更可靠了。」夏思思涼涼地補上一句。

卡斯帕的嘴角微不可見地抽搐起來，要讓這個勇者幹活真的好難！或許應該考慮一下自己出手還比較輕鬆？

可是這麼一來便沒戲可看了。想到這兒，卡斯帕便只有認命地嘆了口氣問道：「你們還未看過冰雪之國的預言吧？」

預言……夏思思皺起眉想了想，這才醒悟對方所說的是什麼。看了看身旁滿臉迷茫、努力思索著的奈伊，顯然對方也將這件事拋諸腦後了。

畢竟這面預言壁在雪女祭司克絲蒂娜的託付下很快便送往至宮殿，夏思思根本就連看也沒看過。何況在龍王那重複無數次的提醒與執念下，每說起冰雪之國，眾人首先想起的便是那名被封印了的龍族公主，這神奇又強大的預言壁在大家心裡所佔的分量反而不是很重。

不用對方回答，單是看到他們的神情，卡斯帕也猜到兩人絕對是把預言壁忘得一乾二淨了。只見滿臉無奈的少年手一揚，房間內的幻影便立時多了一道閃爍著光與影的鏡子。

夏思思凝望著眼前的影像，毫不懷疑這正是那面由北方遺跡遷移至城堡的預言壁……現在是預言鏡了……總算明白爲什麼奈伊會說他完全看不懂鏡子所表達出的未來。

只因這面不停變幻出光與影的鏡子，根本就沒有展現出任何文字！不要說是奈伊，即使把這預言鏡交給團隊中飽覽群書的埃德加或是雜學最多的艾維斯，相信他們也只會回以一個茫然的表情。

即使鏡子幻化出來的是複雜冷門的古文，最起碼也給人解讀的機會。偏偏只是浮現出光與影，美則美了，可是看得懂才有鬼！

不過夏思思卻發現自己眞的見鬼了……少女竟能看明白預言鏡想要表達的意思！光是凝望著如迷霧似的光暗變幻，其中所表達的未來便轉化成文字直接刻印在少女的腦海裡。

夏思思喃喃自語道：「這也是勇者的『特權』嗎？就像我聽得明白大家在說什麼，也看得懂異世界的文字般？」

眞神微笑著點了點頭。

「咦？思思也看得懂嗎？」奈伊好奇地瞪大了雙眼茫然地看著預言鏡上的光與影，神情既驚奇又佩服。

卡斯帕的嘴角再度抽搐了一下，畢竟代表邪惡的魔族露出這種猶如孩子般純眞又好奇的表情實在是太不協調了。

不過眞神大人轉念一想，這房間裡除了這個說話往往單純怪異得令人噴血的魔族外，還有自己這個僞裝成大祭司的神明、毫無行動力的大懶蟲勇者……這麼一想，他對奈伊那不符合身分的言行所做的反應也太過度了點。

因爲大家都半斤八兩嘛！

夏思思對奈伊也沒有隱瞞，很爽快承認道：「看得懂，奈伊想要知道嗎？」

奈伊立即點頭，從克絲蒂娜說出自己是預言裡的一部分時，魔族便已好奇得要死了。

笑了笑，夏思思便把腦海裡那些暗示未來的語句道出：「當黑暗遮蔽光明，世界變得渾沌之時，五顆星星將隨著黑夜與晨曦的交替集結而至，形成一道可以貫穿天空與大地的緋色銀刃。」

「那是什麼意思？」奈伊想也沒想便把問題丟回給夏思思，顯是問少女問習慣了。然而夏思思卻是很直接地攤開了雙手，一臉「我怎麼知道」的神情。

那些光與影她看是看得懂，可是預言鏡不言明內容故作高深的話，她也無可奈何呀！

「也許我正是預言中的『黑夜』。」看夏思思完全是一副不想動腦筋去猜想的樣子，於是奈伊便提出了克絲蒂娜說過的話，當時那位雪女祭司確實是把他稱之爲「夜」。

「喔！這段內容我還以爲是想要表示時間的意思呢！原來是暗喻嗎？還眞是好文采啊……」

「思思妳不高興了嗎？」即使奈伊再遲鈍，也感覺得出少女正在賭氣——不喜歡預言表達得這麼不清不楚害她要動腦筋！

夏思思翻了個大大的白眼，然後便把視線轉向預言鏡旁的卡斯帕的幻影，道：「所以？」她可沒忘記卡斯帕的出現是爲了讓她親自往領主的宅第跑一趟。既然少年把預言顯現出來，也就是說這次發生的事情與預言鏡的預言脫不了關係。

對少女的聰敏讚許一笑，隨即卡斯帕像是想起了什麼般皺了皺眉，然後不確定地問：「有關『聖物碎片』的傳說，妳應該有聽說過吧？」

雖說這是連三歲小孩也知道的故事，可是夏思思畢竟不是這個世界的人，如果少女直接搖頭給他看，卡斯帕也不會太意外。

還好夏思思雖然無心打聽，但她記憶力之好還眞不是蓋的。這個在旅途中總會聽到吟遊詩人詠唱的傳說，早已成爲資訊的一部分儲存於少女的大腦內，道：「所謂的聖物，就是說眞神以自己部分的神力所製成並賜予初代勇者的聖劍。傳說聖劍擁有強大的力量，同時也是勇者的象徵。可惜雙方大戰時闇之神釋放出足以影響世界的黑暗力量，初代勇者幾番思量後決定把聖劍化爲五段碎片，分別存放於世界上的五個角落來守護世間的生靈。」

說到這裡，少女便停頓了下來。五枚聖物的碎片……五枚……怎麼這個數量那麼耳熟？

面對勇者恍然大悟的眼神，卡斯帕微微一笑道：「恭喜妳猜對了！聖物碎片正是預言所說的五顆星星。」

「也就是說，這次要打敗魔王……不對！要打敗闇之神，初代勇者的聖劍會是勝負的關鍵!?」夏思思慘叫。

奈伊疑惑地看向發問的少女，不明白夏思思的反應爲什麼會這麼大。

偉大的眞神大人則是雙目含笑，一臉幸災樂禍的神情點了點頭道：「是的。也就是說，如果妳不想在最終大戰被人幹掉的話，最好還是找個機會好好請教騎士們如何使劍，不然到時候妳死定了。另外，到領主府便能獲得第二枚碎片的消息，去不去那裡隨妳決定囉！」

「好啦！知道了！我過去便是了！」在卡斯帕那種「不去取回碎片的話，將來可會被幹掉的喔！妳眞的確定無所謂嗎？」的眼神下，夏思思雖然感到很火大，但衡量過利害得失以後少女最終還是臭著一張臉，與奈伊一起趕至亞伯特的宅第。

□

雖然夏思思表現出一臉的不情願，但其實少女卻覺得自己即使趕過去也只是個打醬油的而已。畢竟她在昨晚已收到消息，埃德加他們會在今早前往領主府第，憑兩人聖騎士的身分，亞伯特看在他們面子上，對付鬧事的民眾時總會有點避諱。

然而當他們走到半途，遠遠便看見目的地的位置亮起陣陣火光，濃烈的黑暗氣息更是以領主府爲中心向四方擴散，甚至還隱約聽見民眾驚恐的尖叫聲與呼救聲，事情顯然大條了！

「奈伊，走這邊！」夏思思不加思索便把青年拉往另一個方向。少女所選的新路線雖然會繞遠路，可是奈伊並沒有多問，乖巧地跟隨在夏思思的身後。

只因奈伊看懂了夏思思此刻眼神所表示的意思，對方要認眞了！上一次這名懶散的勇者展現這種充滿銳意的眼神時，便是她曝露身上的元素精靈、把水都愛得萊卡城鬧得天翻地覆的時候。雖不知道夏思思突然要求更改路線是想到什麼好主意，可是奈伊很清楚一點……

不論敵人是誰，他註定要倒楣了！

飛快地跑著，夏思思左顧右盼，努力回憶著先前與埃德加他們一起路過的「某個地方」。

眞奇怪……怎麼會不在呢？難道我記錯地點？明明是在這個方向……

忽然少女雙眼一亮，低呼道：「就是這兒！」

夏思思的目的地是一座建造精美的大型噴水池，少女二話不說便跑到池邊彎腰將手伸進池水裡，然後喜悅地笑道：「太好了！這個距離還可以。」

就在奈伊莫名其妙之際，便見夏思思那腦後的長長馬尾浮現出淡藍光芒，然後強大的水屬性魔力便從夏思思身上散發出來。彷彿回應少女的力量般，池面同時泛起一陣藍光，隨即夏思思便簡短地下令道：「奈伊，跳進水裡。」

若是其他同伴聽到少女這句沒頭沒腦的話，難免會疑惑著詢問緣由。可是此刻與夏思思同行的人是奈伊，男子二話不說便往水池跳下去。

反倒是夏思思在看到奈伊這種乾脆的反應後露出了訝異的神情，不由得心想若自己說的不是水池，而是叫他由屋頂跳下去，不知他是否還是會問也不問便乖乖聽話呢？

池水的深度只到成年人的膝蓋位置，然而奈伊跳進去後竟發現雙腳觸碰不到地面。觸目所見四周盡是一片清澈的藍，衣服與髮絲都在水裡漂盪著，偏偏青年卻奇妙地絲毫沒有感到呼吸困難。

這種玄妙的感覺只持續了短短數秒，奈伊便感到懸空的雙腿踏在實地上。青年使力站起來後抬頭環視四周，這才發現水池旁的景色已從廣場變成了領主府，自己所處的水池也換了一個！

下一秒，全身濕透的夏思思便從池水中出現，少女看了看四周，然後手一拍，驚喜地笑道：「成功了！」

滿腦子疑問的奈伊正想發問，卻因迎面而來的殺意而迅速進入戰鬥狀態，奈伊把魔力聚集至右手形成黑色利刃，一刀解決那頭從花園草叢撲出想要偷襲夏思思的妖獸。

有奈伊罩著，本就沒有任何緊張感的夏思思沒有理會開始圍攻過來的妖獸，決定先解決全身濕透這個問題。

借用水靈的力量，夏思思動念間便輕易把兩人身上的水分聚集成一顆大大的水球，頓時他們一改渾身濕透的狼狽變得一身乾爽，完全看不出剛剛才由水裡走出來。少女隨手一揮，水球便分裂成數十顆晶瑩剔透的水珠，子彈般激射而出，隨即妖獸群便傳來陣陣悲鳴，不少妖獸滿身鮮血地倒了下來。

「奈伊，知道小埃他們的位置嗎？」成功突圍而出的夏思思聚集空氣中的水分形成無數水箭，頭也不回地把水箭胡亂射向身後窮追不捨的妖獸。這種隨意爲之的攻擊準確度雖然不高，可卻很順利地拖住了妖獸前進的步伐。

誰料素有「雷達」之稱、一向對氣息很敏感的奈伊卻浮現苦惱的表情，不確定地道：「是感到有兩股神聖氣息的魔力，可是受到強大黑暗氣息的干擾，我無法確定是否是埃德加他們。」

夏思思不由得惡劣地想：似乎性能再卓越的雷達也會有受到干擾的時候啊……

頓了頓，便見奈伊猶疑地續道：「而且……」

「而且？」夏思思疑惑地反問，奇怪對方怎麼忽然間吞吞吐吐了起來？

以奇怪的眼神看了看身邊等候著自己回答的少女，奈伊皺起了眉，道：「而且，不遠處還有另一股帶有神聖力量的氣息。與神氣相近，充斥著不同於這個世界的違和感，這是來自異界勇者特有的氣息！」

另一名勇者？

夏思思的心神立即飄移至老遠。

如果……如果勇者並不是只有她一人……那就是說她可以把所有麻煩事推給對方了！甚至直接把聖劍交託給他，讓對方代替她去學她根本就不想學習的劍術，然後學卡斯帕偷偷躲在一旁納涼看戲？

退一步來說，這段時間勇者的工作全都是由她獨力完成，現在多了一個人好歹也來個輪休制度吧？也就是說她可以放假了？終於可以放假了嗎!?

完全沒有絲毫身分及權力將會被別人分去的不安及擔憂，夏思思興奮得雙眼發亮地拉住了奈伊，用著平時最快的速度往男子所指示的方向衝去！

□

領主府裡，本來氣派不凡的會客室已變得面目全非，一名身穿黑色勁裝的男子快速遊走在妖獸群中，偶爾補上一刀，看似不堪一擊的薄薄彎刀竟能輕易砍開妖獸堅硬表皮。面對數量龐大的妖獸，男子進退間絲毫不見懼意，甚至還稍佔了上風。

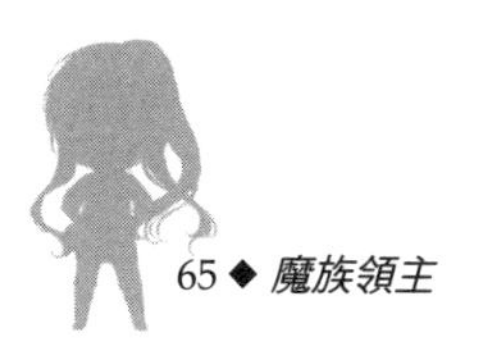

趁魔族的注意力被黑衣男子吸引過去，凱文立即把幾名因吸入濁氣昏倒的侍女拉到房間角落，至於埃德加則是放出聖光驅散四周的濁氣。

妖獸群中一個人類型態的身影異常顯眼，可是任誰看到這個人的外貌都不會認為他是一個人類。只因這個「人」的體型比正常成年男性大了足足一倍，全身皮膚呈現屍體般的灰白，面貌像淹死者般變得浮腫難看。皮膚上一條條清晰可見的紫黑色血管使他看起來更加猙獰可怕。

這個怪物仍舊隱約看得出亞伯特的輪廓，男人身上不斷散發出濃烈的黑暗氣息。圍繞在領主四周、濃得肉眼就能看見的黑色魔力，像是第二層的肌肉似地，令男人的身軀再度變得巨大了幾分。

妖精早在領主異變前便閃躲到房間一角，此刻小小的身子縮在書桌旁，摀住了尖尖的耳朵面露痛苦地顫抖著。

相比之下，奧汀所站立的位置則很接近戰場，甚至站得比護在傷者前的兩名聖騎士還要近。只見孩子素來穩重的面容彷彿蓋上一層寒霜似地異常凝重，那雙緋紅色的美麗雙眸內竟閃爍著赤色的點點火光，看起來既奇幻卻又異常凄艷。

埃德加警戒地緊盯著暫時被黑衣青年阻擋住的領主，不同於冷靜的外表，此刻青年的思緒少見的很混亂。

他認識亞伯特的時間並不短，雖然不能說是經常見面，可是每年國王生辰等等的大日子，身為領主的亞伯特都會代表所管轄的城鎮前來王城祝賀。一直以來男子就只是個普通的人類，可是此刻那散發著濁氣的樣子，又有誰能說他不是魔族呢？

這一切都發生得很突然。

就在稍早以前，奧汀表明出身分與亞伯特對峙之際，站在旁邊的小妖精忽然摀住了雙耳，蹲下身體忍無可忍地尖叫了起來，道：「夠了！別再發出這種聲音，好吵！」

眾人都莫名其妙地將視線轉向一臉痛苦的孩子身上時，只有奧汀把注意力放在亞伯特身上。孩子緋色的雙眸忽然閃現出點點微光，然後彷彿看見了什麼，奧汀神色一凜，低吼了聲：「黑麒！」

瞬間一名穿著黑色勁裝的男子平空現身，且毫不猶疑地一刀往領主身上砍去！

黑衣男子的出現實在太突然，而且出手速度很快，幾乎就在所有人回過神來的

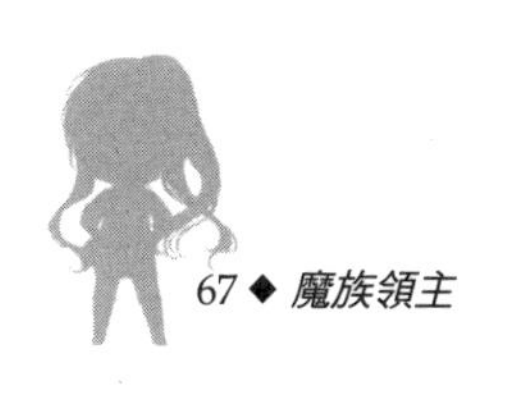

時候，那一刀便已俐落地斬在亞伯特的胸口。

然而眾人本以爲會血花四濺的狀況沒有出現，就在黑麒砍下去的同時，一道濃郁的黑氣擋在刀與領主的胸口之間，把這致命的一刀給架開。

隨即纏繞在亞伯特身邊的黑暗氣息愈來愈多，這些有毒的濁氣頓時充斥房間中，更糟糕的是平空出現了大批妖獸，令場面變得非常混亂。

□

一衝進會客室的大門，夏思思看到的就是這樣的混亂情景。

少女正要與兩名聖騎士打聲招呼，卻看到即使在戰爭中也是一臉沉穩、絲毫不見害怕動搖的奧汀，忽然瞪大雙眼往自己的方向看過去，夏思思訝異地看見孩子那雙緋紅的眸子內閃爍著美麗的火光……

「危險！」

還未來得及對孩子的示警做出反應，夏思思已感到奈伊往自己身上一撲，下一

秒便傳來強烈的震動及爆破聲。奈伊直至聲響完全停止後才從少女的身上離開，並且抖落那一身木屑及玻璃的碎片。

小跑步過來的奧汀扶起夏思思，轉身打量了毫髮無損的奈伊一會兒後，緩緩地說了聲道：「你是魔族。」

奈伊則是在同一時間向孩子提出詢問，道：「你是勇者？」

青年的詢問令奧汀皺起了眉，道：「不是。」想了想，又補充道：「只是初代勇者的血脈及能力繼承者而已。」

本來因孩子的回答而失望得垂下肩膀的夏思思，聽到對方的補充後驚呼道：「咦！初代勇者的子孫竟然是個賣藝的嗎？」

背後傳來「嗤」地一聲笑聲，奧汀很有威嚴地轉身怒目掃視了一周，昏倒在地的侍女先不說，手下的黑麒正與領主對戰，兩名聖騎士則忙於發出聖光照顧傷者以及設下阻隔濁氣的結界，妖精依舊躲在角落縮起身子，一時間倒還真的看不出笑聲是由誰發出來的。

夏思思發現奧汀眼中的光輝忽然閃爍了幾下，然後便聽到孩子毫不猶疑地指出

了凶手，道：「凱文，事情完結以後你來找我一下。」

孩子的話令裝作忙碌的聖騎士背影一僵，最後認命地應了聲：「是。」

強忍笑意，夏思思把注意力再度放回亞伯特身上，並指了指對方別在領口上、代表子爵身分的藍鷹徽章，道：「他就是亞伯特領主？一個魔族？」

「啊……他還算是人類，然而事情有點麻煩。這個人是『容器』，似乎已經吸收黑暗氣息有好長一段日子了，再這樣下去事情或許會變得一發不可收拾。」奧汀解釋。

「容器？」

「也就是被魔族刻上刻印，身體會不由自主地吸引闇系氣息的人類。這是魔族很喜歡使用的手段，除了進行殺戮及破壞外，他們也喜歡看著高潔的靈魂逐漸墮落的模樣。」

「……還眞是惡趣味。」

兩人言談間，纏繞在亞伯特身邊的黑暗氣息益發濃郁，本來稍佔上風的黑麒在濃厚濁氣的影響下動作逐漸遲緩。最後亞伯特逮到了機會，把身邊的黑暗氣息像暗器般激射而出，直直往兩名散發勇者氣息的男女射去！

奈伊輕輕站在兩人身前，也不見他有什麼大動作，只是伸出手，那股對人類來說足以致命的濁氣便像是被吸引似地偏離了擊向兩人的軌道，安靜地凝聚在男子掌心之上。

隨即，這股黑氣就這樣無聲無息地由掌心沒入奈伊體內。少女一瞬間似乎看到男子的手背出現了黑色的圖騰，這些看起來很漂亮的花紋一直延伸至男子頸部的皮膚，卻又在瞬間消失無蹤，令夏思思不禁懷疑剛才所看到的是否只是自己的錯覺。

「你是純種魔族！」奧汀瞪大雙眼，充滿敵意地看著眼前這名因吸收了闇系力量而髮眸變得更是漆黑如子夜般的男子，冷冷地說道。

「是的。」奈伊坦然以對道：「可是我與思思約定過，身爲魔族的力量並不會用來傷害別人，而是會用於保護上。」

奧汀稍稍瞇起了雙眼，夏思思恍然再次看到了一點點微弱的火光出現於緋紅的眼瞳中。很快地，孩子的敵意便消退了，只見他點了點頭，道：「沒有說謊，你這番話是眞心的。」

夏思思很想詢問奧汀是怎樣分辨，可是她也知道現在並不是說這些的時候。被刻上刻印的亞伯特所散發的力量會把隱匿在城鎮外的低階妖獸全數吸引過來，同時魔族的聚集又會加快闇系力量的形成，結果便成了可怕的循環。

這種環境簡直就是專門爲魔族而設的戰場，在黑暗氣息的干擾下，對於使用神聖力量的聖騎士，以及身附元素精靈的勇者來說都不是理想的戰鬥地點。

不停向外增長的闇系氣息令天花板不勝負荷地潰塌下來，在一片瓦礫及震動聲中，眾人護送著傷者跑出室外。

「小埃！小心妖獸！」

扶著傷者的埃德加俐落地轉身，以快如閃電的劍法將撲向自己的妖魔一分爲二，動作快得夏思思根本就看不清他是如何出手的。

忙於對付大宅外那些數量多得嚇人的妖獸的同時，眾人亦不忘警戒領主府的動靜。不久，潰塌的聲音總算靜止下來，一聲巨大的咆哮卻再次揚起沙塵，夏思思訝異地看著一頭全黑的巨龍破牆而出。

「龍族？」睜大雙眼看著眼前這頭黑龍，外表竟與自己在賽得里克山谷中看到的龍族無異，只是體型比較小而已。

「雖然外表很相像，可是並不一樣。」奧汀緊盯著那拍動著巨大翅膀、蓄勢待發的黑龍解釋。夏思思這才發現那被稱為「黑麒」、也不知真的是名字還是代號的黑衣青年已經站在孩子的身前戒備著。只見奧汀嚴肅地續道：「眼前這頭龍的外殼只是聚集闇系魔力弄出來的虛假外表。」

奈伊把魔力加於右手上化為利刃，一臉謹慎地警告：「大家要小心。那雖是由魔力所造成的假象，可同樣具備強大的攻擊力，若被濃烈得能化成實體的黑暗氣息擊中，造成的傷害甚至會比刀劍更大。」

巨龍拍動翅膀飛了起來，起飛的瞬間瞄準眾人所在的位置張開了血盆大口……

黑龍口中噴出紫藍色的烈焰，與此同時，一張清澈淡藍的水幕卻適時把烈焰阻擋住，魔焰與水幕的碰撞激起了強勁的水蒸氣。

眾人愕然地回頭，只見站在後方的夏思思髮絲泛起陣陣藍光，美麗而純粹的元素水靈在少女四周升起濃郁的水氣。

ch.4
妖精原野

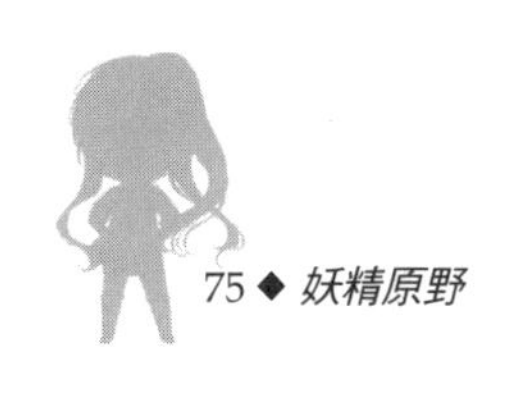

「眞是既迅速、又冷靜的判斷。」水霧逐漸散去，一個修長優雅的身影不知何時站立在黑龍的背上。漆黑的長髮，紫羅蘭色的雙眸，圍繞在男子四周的是無法令人聯想到黑暗、充滿知性與寧靜的氣息。

「佛洛德大人……」意想不到對方會在這種地方出現，埃德加召喚出強烈的聖光驅散眾人四周濃厚的黑暗氣息，並警戒地緊盯著這名遠比黑龍更爲強大的俊美男子。

「竟出動賢者大人親自前來，眞是令人驚訝呢！」夏思思凝神以待，這才發現那總是與男子一起、擁有著異色眼瞳的伊妮卡這次並不在男子身邊。

「我本只是打算前來收回主人的寵物而已。」拍了拍黑龍那長長的脖子，凶猛的巨龍溫順得沒有絲毫反抗。佛洛德微微一笑：「或許，我應趁此機會在開戰前先解決你們？」

只是一瞬間，就只是一瞬間，當佛洛德的眼神掃視至奧汀身上時，那雲淡風輕的笑容頓時消失，紫羅蘭色的眼瞳震驚地瞪大。雖然很快他便強行將驚訝的心情壓下，可是男子這難得的失態卻已被眾人看在眼裡。

「你認識我？」奧汀疑惑地皺起了眉。

「當然，聞名天下的『緋劍伯爵』，我又怎會不認識呢！」

緊緊盯住佛洛德，最終孩子緩緩地宣布：「你沒有說實話。」忽然想起了什麼，奧汀激動地問道：「難道你認識的人是我的兄弟!?」

可惜佛洛德顯然已不願再回答對方的任何詢問，只見他轉向勇者一行人以輕緩的語調說道：「這次的勝負就留待開戰以後吧！」隨即，男子優雅地向夏思思行了一禮，便與黑龍消失於黑暗中。失去了吸引牠們的闇系元素，留在城內的妖獸群也開始撤走。

「等等！你認識他對吧？我那個半人半魔的哥哥，你認識他對嗎!?」奧汀一反平常給人沉穩的感覺，激動地硬是要追上去。黑麒立即緊抓住身旁的孩子，奧汀憤怒地下令：「放開我！黑麒！」

就在孩子掙扎不休之際，清脆的「啪」地一聲響起。奧汀呆呆地摀住了臉，愣愣地看向那打了他一巴掌的少女。

「冷靜下來了嗎？」夏思思若無其事地詢問震驚得忘了掙扎、摀住臉整個人呆

掉的奧汀。

「隊長……我們是不是見證了勇者襲擊『緋劍』的歷史性一刻？」凱文瞪大雙眼，完全不確定剛才所看到的事情是否眞的發生在現實中。

「……」就連被譽爲冰山臉的埃德加也露出一臉不知該說什麼才好的驚訝表情，完全說不出話來。

被夏思思一巴掌打得呆住的奧汀一手摀住臉，另一隻手則緊緊抓著阻止他前進的黑麒的手臂。青年黑色的衣袖早因先前的戰鬥被扯破，露出來的手臂上滿是戰鬥時留下的大大小小傷痕。這人倒也硬朗，傷口被孩子如此用力地緊握著，卻依舊沒有露出任何痛苦的神色。

夏思思蹲下身，手輕輕地覆在孩子發疼的臉孔上，道：「奧汀，衝動行事並不會對解決問題有所幫助。你應該是知道的，嗯？而且再這樣下去，你的部下會痛爆。」

「……我知道了。黑麒，放開我。」

這次青年總算順從命令，默然把抓在懷裡的孩子放下。

瞬間恢復了慣常的沉穩，奧汀看了一眼部下的滿身狼狽，皺了皺眉接道：「這兒沒你的事了，先把傷處理好吧！」

被稱為黑麒的男子點了點頭。這個人由始至終都沒有說過一句話，難道是啞巴？夏思思呆呆地想著一堆沒營養的事的同時，訝異地看到青年往後退了一步，然後不知怎地竟然不見了！

四處張望已經完全看不見黑麒的身影，夏思思小聲地詢問對此毫不在意的眾人，道：「好好的一個人就這樣消失不見了耶！你們怎麼完全不驚訝？」

凱文沒好氣地道：「再驚訝，也比不上妳忽然出手摑了『緋劍』一巴掌那麼嚇人吧？」

夏思思開口想要詢問什麼，卻被孩子打斷。「思思，剛才那個人就是北方賢者佛洛德？妳知道他現在身處哪兒嗎？」

「你先告訴我什麼是『緋劍』，以及你哥哥的事情，我才告訴你。」夏思思立即討價還價起來，她的幾名同伴互相對望了一眼，都不約而同地從對方的眼內看到滿滿的笑意。

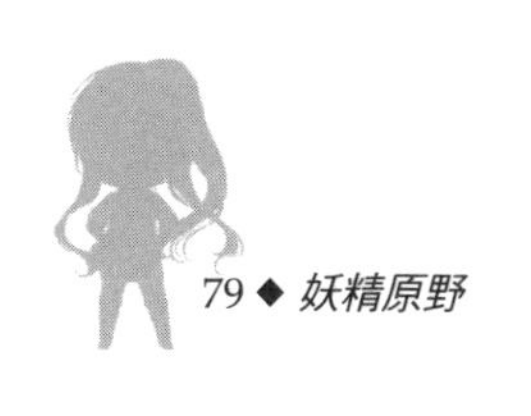

她還眞是老樣子，不論在任何情況下都總能保持著自己的本色。

「可以。反正也沒有什麼不可說的。」奧汀爽快地把他所知道的一切道出，包括緋色家族的背景及所擁有的特權，他的哥哥仍是胎兒時因不明藥物而變成半魔的事情，還有他的祖母及母親逼害這名兄長的勁爆黑幕，峰迴路轉得都可以拍一套八點檔的家族風雲劇了。

夏思思也信守承諾，在孩子把所有事情交代清楚以後，她便把北方賢者的事情和盤托出。確定了剛才那名滿身帶有濃烈黑暗氣息，卻又滿身優雅氣質的男子，正是當年令王城變成一片火海的背叛者，奧汀努力思索著當時佛洛德與他的家族是否曾有所交集，以及男子看到他時所做出的奇怪反應。

在佛洛德說出要藉此機會消滅勇者一行人時，雖然稱不上很認眞地非戰不可，然而當時他的眼神是確確實實帶著戰意的。可是下一秒，當男子的視線轉至自己身上時，卻幾乎可說是逃走似地選擇立即帶著黑龍離開……

看對方當時的反應，顯是認出了他就是現任的「緋劍」，看在身爲同伴的哥哥份上，這才不與自己爲敵的吧？也就是說，兄長已經加入了魔族的陣營，而且還與賢者的關係很不錯？

「可是聽奧汀你的描述，你的哥哥是與你同樣的紅髮緋眼，然而卻因魔力的影響，其中一隻眼睛成了綠色的，對吧？」看到孩子點了點頭，奈伊他們忽然想起了認識的某人，頓時驚訝地瞪大了雙目。卻在觸及夏思思的警告眼神後，硬是壓下了震驚的心情。

只見少女續問道：「你說你小時候曾經偶遇過被家族驅逐的兄長，當時你的兄長還與一名少年在一起，你可以再仔細形容一下那個人的樣子嗎？」

奧汀努力回想道：「嗯……印象中是一名長得很漂亮、面帶笑容的少年。雖然滿纖瘦的，可是身材卻很修長。」

聽到這形容，夏思思就更肯定她所猜想的「某人」，恰恰就是奧汀要尋找的人。也明白為什麼每每這孩子出現的場合，艾維斯總會不知所蹤的原因。

因為當年與奧汀兄長在一起的那名同伴，正是艾維斯！

然而她並不打算把真相告訴奧汀，這種事情並不是外人應該插手的問題，看艾維斯的舉動就知道了。若他的兄長不想與奧汀見面，即使孩子硬是要把他找回去也

不見得是好事。何況……

「可是佛洛德身邊的人是個叫伊妮卡的美女喔！」夏思思說罷，想了想再加上一句道：「而且她也符合你剛剛所說的人類受到魔力所影響的特徵，伊妮卡也有著一雙罕見的異色眼眸。你確定你所知道的眞的是所有眞相嗎？」

孩子瞬間迷茫起來。

他所知道的眞相，難道是一個有所隱瞞的虛假謊言嗎？正因爲是不盡不實所以稱不上是說謊，因此他這名能看清眞實的「緋劍」也就無法分辨出眞與假。世上沒有比這更諷刺的事情了吧？

緊緊地握起拳頭，奧汀斬釘截鐵地道：「思思，我會到王城去找妳的，只是在此之前我要先回本家一趟。」

滿意地看到了孩子眼中的堅定，少女甜甜地笑道：「好的。『雙月之日』以前，我們就在王城相見吧！」

奧汀向少女回以一個淡淡的微笑道：「現在首先要做的事是穩定陷入恐慌的民眾，這點我會想辦法的。至於亞伯特領主的事情我也會負責匯報給陛下，然而城鎭不可一日無主，或許先從人民中挑選出一名有民望的人作代理城主吧！」

埃德加想了想，道：「居住於城東、一名名叫蘇珊的中年婦女似乎在當地人之中人緣不錯，人品我也可以保證。」

奧汀點了點頭道：「我會去拜訪她的。」

就在孩子轉身離去的一刻，本已消失無蹤的黑麒竟再度出現在奧汀身旁，完全不知道他是什麼時候出現的，這令夏思思產生出這個人根本從未離開的錯覺。少女注意到對方已換過一件乾淨的衣服，身上的傷也應該已經包紮好了吧？

事後據掌握了黑麒去向的奈伊透露，這名青年根本就從未離開過，只是躲在不遠處而已，讓少女為對方一身猶如忍者般的出色身法驚歎不已。

「思思你們怎會來到這兒的？」凱文好奇地詢問，畢竟以夏思思的性格是絕不會主動過來領主府。

「我看過預言壁的預言了。」少女也不多說廢話，本就覺得今天沒少做白工的她直奔重點，道：「往後會需要用上初代勇者的聖劍碎片，而我獲得的『有力情報』指出，只要來到城主的宅第便能得到有關的線索。」

並沒有詢問夏思思所謂的「有力情報」到底是什麼，埃德加很清楚除非少女主動想說，不然無論怎樣追問也無法獲得答案，只會造成反效果而已。

何況由相遇的那天起，夏思思所藏的祕密就從沒少過。起先是裝傻裝蠢地想要偷懶，然後又揭發她身懷元素精靈的事情，甚至於艾維斯多次失蹤的原因他也很懷疑少女真的是剛剛才察覺到的嗎？

因此也不差再多加一個「有力情報」的謎團了。

「喂！人類女人！」一直縮在一旁的小妖精忽然用著與童稚的可愛嗓音很不搭的惡劣語氣呼喊。

挑了挑眉，夏思思笑咪咪地回答：「有什麼事嗎？妖精的死小孩？」

「妳說誰是死小孩!?」脾氣本就暴躁的妖精立即氣呼呼地叫嚷起來，夏思思愉悅地發現每當對方生氣時便會露出那雙可愛的小犬齒，這讓少女戲弄他的興致變得更高了。

聳了聳肩，夏思思無所謂地說道：「應我的人就是囉。」氣得妖精哇哇大叫。

「思思，民眾開始往這兒聚集過來了。」奈伊機警地出言提醒。

凱文不由得心想，在妖獸撤退後奈伊還很敬業地沒有放鬆警戒，果真不負思思所給予的「高性能雷達」之名。雖經少女解釋後，他還是不太明白雷達是什麼……

不過奈伊的確完全符合少女所說的特點——環保、省電、方便攜帶（？）、性能優越，而且探測準確。

只是思思又怎會知道奈伊「性」能優越呢？

「痛！」像兔子般地蹦蹦跳，凱文哀怨地瞅著忽然踩了他一腳的夏思思。卻換不來眾人的同情，只換來自家隊長冷冰冰的一句：「你剛才的表情太猥瑣了。」

奈伊疑惑地看著凱文，顯是不明白所謂的「猥瑣」到底是什麼。可是看起來好痛……因此青年還是很認真地謹記著凱文剛剛的表情，以免將來不小心露出時被夏思思毒打一頓。

「……」看到奈伊這種純真得不得了的神情，凱文不得不承認或許此「性」不同彼「性」吧？

「凱文，你的表情再繼續猥瑣下去，不光我會很想打你，就連小埃也會以『敗壞聖騎士形象』的罪名來做出處刑喔！」夏思思危險地瞇起了雙眼。

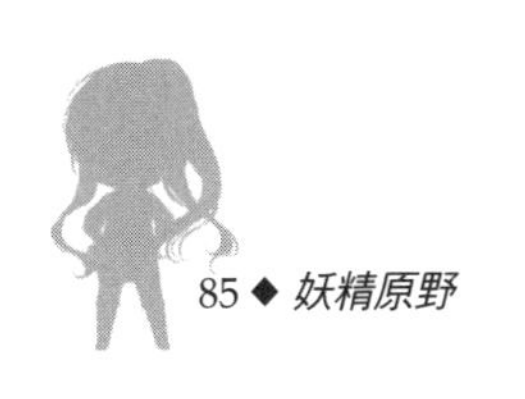

「不不不！我什麼都沒有在想！對了！不是說民眾快過來了嗎？你們還是先離開吧！剩下的事情我想奧汀大人會處理好的。」凱文立即拚命轉移眾人的注意力。

聽到凱文這麼說，夏思思也確實不想引起不必要的麻煩，便應道：「喔，那麼我們回旅館再從長計議吧？」

「有關碎片的情報？」埃德加念念不忘正事。

「若我的直覺沒錯，相信線索已經出現了。」夏思思意有所指地瞟了瞟拉著她的衣角、強烈表現出同行意願的妖精。

先前對人類避之則吉的小妖精，此刻竟態度大變地硬是黏著少女。

夏思思泛起甜甜的笑容，天眞地說道：「說起來，我們還要再多待一個晚上呢！因爲奧汀不是說了嗎？事情完結以後要凱文去找他嘛，正好奧汀就與我住在同一間旅館喔！」

凱文很沒形象地掩面悲鳴道：「思思好過分！妳根本就是故意提醒我的！」難得他本來已經忘掉了說……

晚上夏思思把凱文趕往奧汀的房間時，還聽說當時前往蘇珊家的奧汀原來白

走了一趟，最後男孩在亞伯特的宅第中找到了正在指揮著眾人幹活的婦人。據奧汀的形容，當時的蘇珊雙手扠腰，聲音既洪亮又活力充沛。不光是城內的壯丁，就連那些因領主離去而群龍無首的士兵們也壓倒在她的氣勢下，默默做著災後重建的工作，以及替現場傷者做出緊急處理。

聽到這兒，即使是與婦人素未謀面的夏思思，也相信蘇珊絕對是成為領主的不二之選。這種為人民服務的熱情以及耀眼的活力，都是這個長期籠罩在黑暗陰影下的城鎮所急需的。

□

由於帶著小妖精，因此夏思思沒有回到旅館，而是在妖精的帶領下來到蘇珊的家。只見孩子拿出鑰匙把大門打開，看起來就像他是屋主似地。

蘇珊不在家，正好可以讓他們說話不用有所顧慮。在眾人的注視下，只見妖精抬起胖胖的小手指向夏思思，不容反駁地命令道：「母親要妳過去！」

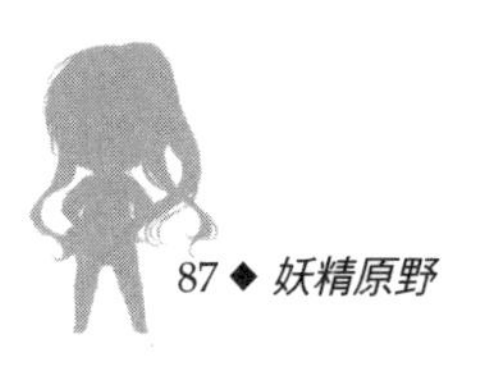

眨了眨眼，夏思思模稜兩可地應了聲：「哦？」見對方並沒有乖乖答應，妖精立即很緊張地加重了拉扯少女衣角的力道，眾人無奈地看到被孩子黏著的夏思思嘴角頓時上揚了三十度。

她根本就是故意的！

「只是你的……呃……母親，為什麼忽然想要找思思了呢？」所謂的母親是指「母樹」吧？凱文有點警戒地盯著眼前的孩子。畢竟妖精雖然長相可愛，卻是喜愛騙人以及惡作劇的種族，何況在這裡妖精與人類的關係更可說稱得上惡劣，他不得不懷疑這突如其來的邀約是否別有用心。

「不知道。」妖精斬釘截鐵的回答讓青年差點兒吐血。「母親只是叫我帶她回去而已。」

「除非能讓我們所有人一起去，不然拉倒。」不應該出現在這兒的聲音忽然響起，就連埃德加也瞬間露出了訝異的神情。然而下一秒聖騎士在看到對方那張絲毫沒有悔意的臉後，表情不只再度變得冰冷，更有著再冷上幾分的趨勢，道：「你總算願意現身了嗎？艾維斯。」

看得出不同於以往帶有玩鬧性質，埃德加這次是真的生氣了。艾維斯立即識趣地道歉道：「抱歉！」低下頭加上雙手合十的姿勢，倒是難得地充滿誠意。

埃德加並沒有說話，然而那張冰冷的臉倒是稍見緩和。反正說什麼也沒用，若再遇上奧汀出現的場合，這個人還是會再鬧失蹤的吧？

艾維斯道歉以後便一臉的心安理得，反倒是凱文受不了自家隊長發出的寒氣，趕緊把話題再度轉移回去，道：「我也不同意放任思思單獨赴約，這太危險了。」

奈伊沒有發話，只是走到夏思思身邊，有樣學樣地抓著對方另一邊的衣角，同行的意思很明顯。

「這怎麼可以！你們人類真是……」妖精抓狂的話只到了一半便忽然停頓下來，看他的神情就像是在側耳傾聽著什麼，良久，便看到孩子帶點委屈地點了點頭，應了聲道：「嗯，我知道了……」

霍地抬頭，一改先前那溫順的模樣，妖精惡狠狠地道：「母親說可以讓你們一起跟過去。」

兩名聖騎士默然對望了一眼，不約而同想起了當時在亞伯特的宅第，這小妖精

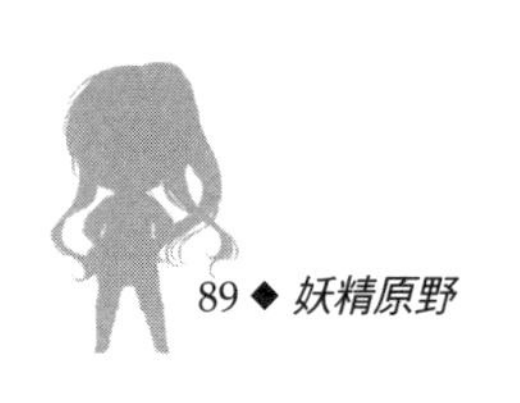

在第一眼看到男子時便已說出對方身上帶有雜音這種奇怪的話。對妖精這個種族他們所知有限，難道妖精能夠聽到一些人類無法聽見的聲音？

既擁有靈敏的聽覺，又能製造威力驚人的法石，永久保持孩童的外表代表著這個種族的長生不老……也許人類眞的如妖精所說的太自負了，竟一直把他們歸類爲軟弱無力、只懂得惡作劇的種族。

由妖精所統領的原野是人類從未踏足、也不屑於踏足的區域，「母樹」更是從來沒有人見過，幾乎只存在於故事中的東西。想到這裡，就連一向漠然的埃德加也不禁心中一熱，開始期待接下來的原野之旅。

最興奮的人莫過於夏思思了，光是想到將會被一群可愛的妖精包圍便已經覺得好幸福了。然而，少女內心想的是一回事，表現出來的卻又是另一回事，硬是壓下差點便要上揚的嘴角，看起來反變成了心情超不好的樣子。那副愛理不理、彷彿不太願意的神情，惹得妖精再次加重手上的力道，並且寸步不離地緊跟著她，就怕少女會反悔。

於是一行人再度回到了初遇妖精的原野。夏思思有點無奈地想，來到這個世界

以後，自己好像經常在繞遠路？

四周是一望無際的青草，視野所及並沒有什麼特別的東西。不要說「母樹」了，就連其他妖精也沒看見。

「妳不許跑掉喔！」小妖精直到此時才謹慎地放開了拉扯著少女衣角的手，把小手伸進腰側的布袋中尋找著，但那雙綠色的貓兒眼卻仍是睜得大大的，警惕地監視著夏思思的舉動，深怕一不留神，眼前的少女便趁機溜之大吉。

只見孩子從布袋裡取出了一顆形狀不規則的小礦石，這礦石看似平凡，然而再看清一點，便會發現這石頭的奇特之處。

雖然外表看起來像是隨處可見的礦物，可是石頭的表面卻像是玻璃般平滑，灰銅色的色澤上更有著點點金銀光芒，就像是由天上的星星拼湊而成般閃閃生輝。

「這就是法石？好漂亮！」第一次看到實物的夏思思，毫不客氣地把臉湊過去。最終妖精被看得受不了，便邊罵著邊把手中的法石遞給她，然後一臉認命的神情再從衣袋裡抽出第二顆小石頭。

只見妖精把法石閤在手心中，過了一會兒，孩子猛地把雙手張開，大量的金砂便從那雙白白胖胖的手心飛散出來，然後四周的景色瞬間轉變。

眾人身處之處依舊是一片巨大的草原，只是那一望無際的景物再也不是青草，而是外形像是小麥又或是狗尾草似的金色植物。每當風吹過，一大片長及腰際的草原便隨風而動。而野草的頂端、那些閃著淡淡金光的金色種子更會像蒲公英般飛散於天際間，看起來如夢似幻令人沉醉。

「天呀！好美！」所有人都被這幅美景驚呆了。

「當然，我們的原野可是與外界那些醜得要命的低劣草原不同等級。」妖精高傲地仰起頭，因眾人目瞪口呆的讚美神情而露出一雙小小犬齒，愉悅驕傲地笑著。

草叢中忽然出現了奇異的騷動，古怪的「窣窣窣」聲由遠而近地響起。然後便遠遠地看到金色的野草中出現一陣陣不自然的狀況，一條蛇行的痕跡快速地往眾人所在的位置延伸過去。

艾維斯最先察覺出異狀，道：「有什麼過來了！」

凱文略帶緊張地與奈伊一起把少女護在身後，而埃德加則是神色漠然，似是嚴謹地警戒著那些隱藏在野草下的東西，其實眼光始終不離那小妖精的左右。

他知道這孩子是關鍵所在。倘若這片原野中設有埋伏，必定與這嬌小的妖精有關。此時青年雖然表面上全無動靜，實則全神貫注。他已打定主意，只要有任何變故便會立即抓住身旁的妖精。無論如何先行將他制住再說，絕不容對方使出什麼手腳。

很快地，就在眾人的注視下，痕跡便移動至他們身前。然後長長的野草被撥開，從中擁出了一大群矮小的身影……

三歲左右的孩童體型、尖尖的耳朵、大大的貓兒眼，還有那頭溫潤的蜜色髮絲，不是妖精族是什麼!?

唯一與身旁領路妖精殿下不同的，是他們的瞳孔都是與髮色類似的琥珀色，並不是那艷麗的金綠色眸子。

瞬間圍繞著眾人的，再也不是那片美麗的金色，而是舉目一片蜜色頭顱。滿滿的琥珀色眸子眨啊眨，好奇地盯住眼前數名入侵者。

然後，看到他們的嘴巴動了動，眾人立即飛快地摀住了耳朵。

連珠炮似地問話如暴風般，環掃整片寧靜的原野。

雖說眾人都把耳朵摀得密不透風，然而妖精那密集的吱吱喳喳聲還是隱約可聞。直至那吵耳的噪音平息以後，眾人這才戰戰兢兢地把雙手移開。

夏思思低頭與身下的妖精群對望了數秒，便做出了令眾人目瞪口呆的動作……蹲下身的少女，忽以飛快的速度張開雙手把最接近自己的三隻妖精抄了起來！

妖精的外表雖如同人類三歲孩童般，可是重量卻輕得像隻貓兒。夏思思即使一下子圍抱著三人仍是綽綽有餘，看起來一點兒也不吃力。倒是少女懷中的妖精幾乎是出盡全身的氣力來掙扎。可惜微弱的力氣中看不中用，短小的四肢想伸手抓身後人卻又抓不著，想用腳踢卻又只能踢得到空氣……

與妖精來個大大擁抱的夏思思，心滿意足地感受著孩子那軟軟綿綿的身體觸感。溫潤的蜜色髮絲竟還真的帶有甜甜的蜂蜜香，這更令少女嘴角勾起的角度再加深了幾分。

最後，在這些孩子多次嘗試仍是無法掙脫狼爪後，他們便使出最後的手段──「哇」地一聲大哭了起來。

而令人吃驚的是，當夏思思懷裡的妖精一哭，金色原野上的妖精群竟也受到了

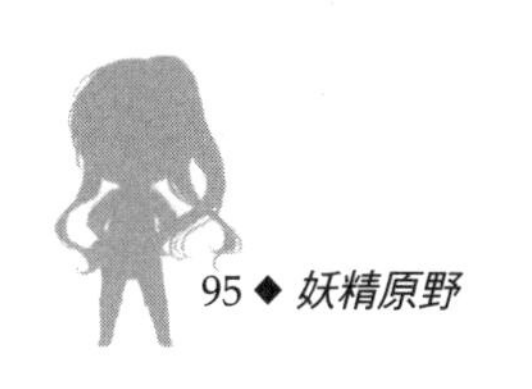

感染，頓時無數的妖精哇哇大哭起來。

唯一不受這連鎖反應影響的綠眸妖精煩躁地皺起眉，在哭聲中解釋道：「這些兄弟們都是由母親的枝葉裡出生的，因此他們與在根部孕育出來的我不同，自我思想及意識比較稀薄。而且同是枝葉出身的兄弟都有著奇妙的感染力，只要其中一人呈現出強烈的情緒，很輕易便會影響同化至其他人身上。」

在妖精講解的同時，勇者一行人目擊到令人無言的一幕。

夏思思微笑著把懷中吵鬧的孩子放下，然後無視眼前數十名妖精嚎啕大哭的詭異光景……應該說，彷彿是要逃離這個由自己引發的異常事態……少女無視妖精以及同伴們開始走開……

然後，綠眸妖精竟也緊緊跟隨在少女身後。於是眾人也就只好無視那些依舊哭得呼天搶地的妖精群，心有戚戚地愈走愈遠。

ch.5
母樹的條件

「呃……不用理會他們沒關係嗎？」凱文最終還是忍不住詢問。

小妖精眨了眨那雙大大的金綠眸子，道：「有關係呀！」

「咦!?」

「兄弟們情緒只要激動起來，便會影響法石魔力結構。然後喀地一聲……」除了聲響，孩子還要大大地張開雙手，努力地表現出爆炸的威力強度將會有多驚人。

眾人頓時臉都綠了。

「當然，法石的位置是屬於我們妖精的領地，正常來說應該不會有人類靠近的，可是若有窺覬法石的人類接近……」妖精很高興地笑嘻嘻補充著，埃德加卻立即焦慮地打斷孩子道：「法石的礦場在哪？」

孩子很合作地比出了一個方向。

在眾人正要舉步離開之際，妖精卻歪了歪頭開口說道：「母親叫妳、你過去。」說話的同時舉起了手，指了指夏思思以及奈伊。

「我也是嗎？」訝異地指了指自己，男子不明白妖精的母樹找自己這個魔族做什麼。可是孩子卻肯定地點了點頭，道：「兩人都是。」

就在眾人仍舊猶疑不決間，夏思思笑了笑，道：「你們先去礦場吧！我想有奈伊在，應該不會有什麼大問題的。」

這畢竟是人命關天的大事，最終埃德加也只能妥協，「我們很快會追上來的，請萬事小心。」

現場直至留下了勇者、魔族，以及妖精這個詭異組合後，夏思思便毫不客氣地用手壓著孩子的頭，笑道：「好了，現在小埃他們如你所願被騙走掉了，你可以說出獨獨留下我們的目的了吧？」

「……妳怎會知道我剛才的話是騙人的？」對於謊言被少女看破，妖精的表情露出了些許訝異，卻沒有否認。

夏思思笑了笑，道：「若真如你所說，妖精們情緒波動便能令法石爆炸，那麼我想那些私下採礦的人早就死過千萬次了。畢竟妖精對人類並不友善，不是嗎？」

一旁的奈伊忽然把視線定在某個根本沒有任何東西在的方向，那雙漆黑的鳳眼微微瞇起，全身散發出一種凌厲的氣息。

「那兒……有奇怪的東西在……」

「真沒禮貌！竟說母親大人是奇怪的東西！」孩子露出尖尖的犬齒，生氣地怒吼，接下來連珠炮似的話，直把魔族罵個狗血淋頭。

妖精怒罵魔族這種反食物鏈權力結構的奇異景象，足以堪稱世界奇觀了。

就在孩子仍舊在大叫大嚷之際，空中飄浮著的金色種子瞬間展現出不自然的軌跡。明明沒有風，如蒲公英似的種子卻形成了漩渦的形狀，就像是被氣流所吸引一般愈聚愈多。

而漩渦的中心則伴隨著種子的增加，一陣陣魔力的波動由漩渦中心點淡淡散發出來。夏思思從中感到一陣不舒服的壓迫感，然而少女的長髮一陣藍光閃現後，在元素精靈水氣的包圍下，那種不舒服的感覺馬上便消失無蹤了。

仔細一看，這漩渦果真不是風，而是由一種特別的能量體所形成。位於漩渦旁的兩人不但絲毫感覺不到風勢，就連風聲也聽不到分毫，這種感覺倒還真的奇妙得很。尤其因種子的關係，所形成的是變幻閃爍著金光的漩渦，視覺效果上也就更是奇幻了。

「發什麼呆？母親替你們把門打開了，走吧！」妖精率先走進漩渦中。並沒有花太多時間猶疑，與奈伊對望了一眼後，夏思思也隨即尾隨著緊跟進去。

□

很神奇地，步進漩渦的一刻，夏思思既感覺不到風勢，同時就連種子掠過身體的觸感也沒有，就像是走進了沉靜的暖光中，全身暖洋洋的，說不出的舒服。

讓人超想就這樣子躺下來睡個午覺，而夏思思也真的就這麼做了……

「思思。」在奈伊的叫喚下，少女不情不願地張開那雙昏昏欲睡的眼眸，這才發現三人已來到一棵巨大的水晶樹前。

茶色樹幹那溫潤的色澤猶如上好的琥珀，巨大得讓人除了樹幹以外看不到四周其他景致。一串串水晶葉子璀璨奪目，並且竟直直往四面八方擴散，完全看不到枝葉的盡頭。

彷彿那片晶幕才是天空似地，一下子整個世界只有腳下的金、眼前的琥珀色，以及天空的通透純淨。

奈伊好奇地伸出手想要摸一下眼前這棵奇妙的晶樹，嚇得夏思思慌忙抓住男子伸出的手，責備道：「這可是人家的『母親』呀！除非你想被人誤認爲是輕浮浪子，不然可別隨意亂摸！」

魔族看了看被少女抓住的手，再抬頭看了看眼前的母樹，然後想了想以後，竟把那隻沒被抓住、自由的左手往眼前的樹幹伸去……

「嘩！奈伊，你做什麼？不是說過不可以了嗎⁉」下一秒，魔族的左手也如右手一樣失去自由。爲免奈伊再次做出令人吃驚的動作，夏思思完全不敢放開握著的雙手，只能以看淘氣孩子般的無奈目光緊瞪住眼前那笑得很無辜的男子。

魔族的身體不像人類般帶有體溫，然而此刻那雙冰冷的手卻因少女的觸碰而染上了溫度，一種既奇特、又柔軟的感情瞬間填滿奈伊心頭。

過了好一會兒，奈伊才笑笑道：「嗯，我不會再犯的了。」

得到奈伊的保證，夏思思這才半信半疑地放開了手。果然這次魔族很乖巧地沒有再做出什麼小動作了。

只是怎麼他卻一臉心滿意足的表情？

夏思思疑惑地眨了眨眼，剛才她已經及時阻止了奈伊呀！應該沒讓他做出什麼好事來吧？

「即使是我，也變得益發貪心起來了吧？眷戀著人類的溫暖，有了想守護的東西，也有了想擁有的東西。所以，思思……」

「嗯？奈伊，你剛剛有說什麼嗎？」被水元素所圍繞的少女聽不清楚魔族那輕聲的喃喃自語，疑惑地回頭，卻迎上那雙帶有淡淡悲傷的美麗黑眸。

「不，我什麼也沒說，大概是風聲吧。」奈伊微笑著回答道。

果然隨之而來是一陣強風，水晶葉子於風中叮噹作響，非常動聽，頓時把少女的注意力吸引了過去。

只有那名聽覺超群的妖精，以若有所思的神情仰望著眼前的魔族。

「想不到呢！真是兩位漂亮的客人，我最喜歡美麗的東西了。」伴隨清脆動聽的嗓音，清澈溫潤的琥珀色枝椏上浮現出一名年輕少女的身影。

她有著一頭點綴著晶石的銀虹色長髮，琥珀色的眼瞳及一身金色的衣服，坐在

枝椏上的她搖晃著雙腿，一臉天眞爛漫的神態。

「母親大人。」妖精伸出手臂，高高興興地衝向母樹的枝幹，就像是想要撲進母親懷內撒嬌的孩子。

然而他衝過去的卻是堅硬的樹幹……

隨即，神奇的事情便發生了！孩子的手觸碰到樹幹的一刻，整個小小的身子便被吸了進去。就在旁觀的兩人驚疑不定之際，上方卻傳來了妖精的笑聲。抬頭一看，纏在少女懷中的不是那剛失蹤的小妖精是誰？

夏思思死命地盯著眼前的琥珀樹幹。這是……升降機？

「歡迎，兩位漂亮的客人。」頭上的聲音拉回了少女遊走掉的心思。

夏思思抬頭向對方笑了笑，道：「謝謝妳的邀約！妳就是妖精的母樹？」還眞的一點兒也看不出這年輕的女孩外型哪一點有「母親」的感覺。

「對啊！你們想要聖物碎片對吧？我手上正好就有一片。想要嗎？想要吧？」說罷，那雙琥珀色的雙眸眨呀眨，一副「快點來求我吧」的樣子。

「……」夏思思不禁再次疑惑地上下打量了少女一番，她眞的是「媽」字輩的

人嗎？

奈伊則是滿臉不確定地喃喃自語，道：「她的氣息確實與妖精們如出一轍，可是……」

似乎就連魔族也對她的身分很懷疑。

無論如何，難得有「聖物碎片」的線索，夏思思可不會放過這個大好機會，道：「我想要！」

「可是我不想給。」泛起惡劣的笑容，由母樹幻化而成的少女回以一個任性的答案。

與奈伊對望一眼，他們當然明白對方特意喚妖精把他們帶進來，絕不是爲了貪好玩耍耍他們而已。果然下一秒，便聽銀髮少女說道：「除非你們拿東西來交換，給我我想要的東西。」

「只要給我想看到的東西、想知道的東西，以及想得到的東西作爲交換，我便將聖物碎片送給妳。」

「完全聽不明白。」夏思思只回以一句話，直截了當。

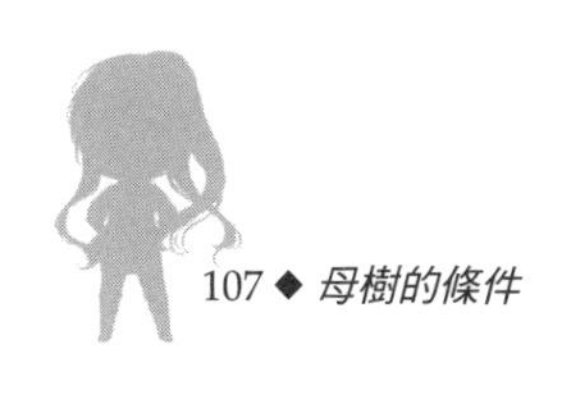

聽到夏思思的話，少女竟就這麼轉開了視線，不再理會他們了。

莫名其妙的兩人只好自個兒竊竊私語地討論著：「思思，怎麼辦？」

「唔……有點火大耶！奈伊，魔族的黑暗魔力能不能融掉那棵樹？然後我們便用武力把東西搶到手！」

「……」

「不行嗎？」夏思思可憐兮兮地問道。

「這樣做好像不太好。」奈伊說罷，再補上了一句：「埃德加知道的話會很生氣的。」

夏思思倒也不敢真的去挑戰聖騎士的底線，於是少女不得不提出了方案二道：「那我們上去找她吧！」

「喔喔！妳知道怎麼上去嗎？思思好聰明！」

把兩人的對話一字不漏地聽進耳裡的妖精，俯視著他們就這樣子達成共識，然後二話不說便衝進母樹的樹幹裡。

然而這對青年男女卻並沒有被輸送到樹的上方，而是被樹幹吸收後便失去了蹤

影。

「母親大人想知道的事情是什麼？只有詢問這兩人才能知道嗎？」孩子抬起了頭，那雙金綠色的貓兒眼直直地看向身後擁抱著自己的少女。

「嗯，這是只有人類及魔族才能給我的答案喔！」

面對妖精的滿臉不解，少女笑了笑便沒有再多說什麼。輕聲歌唱著搖籃曲的她臉上泛起慈愛的微笑，若此刻奈伊他們看到這種笑容，想必不會再懷疑她的母親身分了吧？

她想看到的、想知道的、想得到的東西，其實只是一個答案。

左與右，她想知道這名被卡斯帕所選中的勇者，到底會選擇哪一邊。

這名叫夏思思的人類，會與被人們稱爲「眞神」的那名孩子般，選擇「捨棄」嗎？

□

「思思！真是的，這個時候還在睡！」

呼喊的聲音讓窩在花園裡的少女動了動，然後又再度陷入睡眠中……

「痛！」緊閉的雙眼突然睜開，夏思思不可思議地抬頭看向笑得狡黠的艾莉，不滿地指控道：「妳剛才踢我！」

可惡！若不是宮殿內施有結界令所有人都無法在王宮的範圍內使用魔法，她才不會讓別人打擾她的睡眠！

「不踢妳的話妳會乖乖起來嗎？」強行把仍舊打著呵欠的夏思思拉起，艾莉抱怨連連，道：「睡得那麼沉，妳到底作了什麼夢？」

被對方這麼一問，夏思思這才察覺到一絲奇妙的違和感，然而她把其歸於剛睡醒的迷糊，並沒有太在意，「我夢見以前大家一起冒險時的事情了。艾莉還記得嗎？那片金色的妖精原野。」

沒好氣地翻了翻眼，艾莉敲了敲少女的頭，道：「妳到底睡醒了沒？當時我不在那兒。」

「啊！對喔！」

「眞是夠了！今天可是我們這群英雄在城裡巡遊的日子，可不能遲到的！」艾莉說罷，也不管少女滿臉不情願，硬是拉著她轉身便跑。

夏思思卻仍舊很在意剛剛的那場夢境，努力思索著，然而思緒最終卻被衝出來脅持她進房間更衣的侍女們打斷。

不知為何，遇上了妖精母樹後所發生的事她竟是一片空白，不論怎樣想也想不起來……

領先策騎於眾人面前，少女穿著一身英氣的軍服，腰間掛著由初代勇者留存於後世、曾被譽為「聖物碎片」而散落於世界各地的美麗寶劍，在人民敬仰崇拜的目光下緩緩前進。若不是她一直呵欠連連，倒還眞的滿有勇者英武的樣子。

不少孩子及少女都趕緊上前獻上鮮花給消滅了闇之神的眾位英雄，城裡充滿了歡樂的氣氛。羅奈爾得已經被消滅，妖獸也被英雄們殺盡，人類總算能夠遠離這些不被世間所接受的扭曲生命了。

令人憎恨、厭惡的魔族！

夏思思回頭看向身後的同伴，果然列隊中獨獨欠缺了那醒目而美麗的漆黑。那個人，本應與他們一樣，在這兒接受應屬於他的光榮。

就在此時，遠方的人們傳來一陣騷動，充滿恐懼的尖叫聲夾雜著人們呼救的聲音，四散的人群空出了一大片位置，在這忽然變得空曠的地方站著一名黑髮男子。

夏思思剛剛才正在掛念著的人。

正確來說，對方並不是人類，而是令人恐懼的魔族，從男子由手背一直延伸至頸部的黑色圖騰便可知曉。自佛洛德回歸安普洛西亞後，在賢者新研製出來的魔法陣影響下，所有處於王城的高階魔族再也無法僞裝出人類的模樣。擁有一半人類血源的葛列格與伊妮卡倒還好，然而身爲純種魔族的奈伊卻無法不受影響，只要一踏進王城，他那身美麗而危險的黑色紋路便會不由自主地顯現出來。

奈伊呆呆地站著，似乎有點被民眾的反應嚇到了。然而當青年的目光迎上了夏思思的視線時，那令人熟悉的喜悅笑容頓時浮現在臉上。青年再也不理會身旁的騷動，以魔族特有的驚人體能一躍而至夏思思的面前。

「思思！」

面對對方那小狗似的討好神情，少女實在不忍心責備他，可是當她看到因奈伊的出現而變得驚惶失措的混亂場面時，還是禁不住嘆了口氣，道：「我不是叫你乖乖留在城外的嗎？」

「可是我很想念思思。」

聽到意料之內的答覆，夏思思再度嘆了口氣。其實她也明白不應該責怪奈伊的，本就是隱瞞奈伊存在的他們的不對。可是一想及國王布萊恩那誠懇的拜託時，她卻又猶疑了。

滿心驚惶及恐懼的民眾看到勇者竟與魔族在說話，頓時浮現出被背叛的神情，無數猜疑與忌諱的目光射向與魔族並肩而站的少女。

「怎麼會！難道勇者大人與魔族有所勾結嗎？」

「不可能吧？身爲勇者的夏思思大人怎會認識魔族！」

「可是他們在說話不是嗎!?」

「請大家稍安勿躁。」埃德加擋在兩人身前，冰冷嗓音不怒而威：「這魔族絕不是我們同伴！」說罷，青年更拔出腰間的劍，一劍刺向本應是伙伴的黑髮男子。

震驚地瞪大雙眼，奈伊求助的視線轉向他最信任、也最珍惜的那個人。然而夏思思並沒有爲他申辯什麼，只是沉默著轉開了視線。

看到奈伊竟不閃不避地任由埃德加一劍刺上自己的肩膀，少女的臉色瞬間變得很蒼白，但那顫抖著的雙唇卻依舊沒有吐出任何爲他平反的話語。

踉蹌地後退，離開了刺在身上的劍尖後，傷口頓時湧出大量鮮血。一滴、兩滴，無數落於地上的血花猶如世間最淒美的顏色。

想不到對方竟不躲開，本只打算做個樣子的埃德加臉色也變得同樣蒼白，卻還是堅定地按住想要追上離開的奈伊的少女。

最終夏思思只能看著受傷的奈伊背向她消失於人群中，那充滿悲傷、失望以及孤獨的背影，令強忍淚水的她眼眶痠得發痛。

「我決定了！我要去崖洞那兒找奈伊！」自那場騷動後，回到宮殿的夏思思便在眾人擔憂的視線下整個人伏在桌上一動也不動，就在大家開始猜想這名懶洋洋的勇者大人到底是否睡著了的時候，卻看到她霍然把頭抬起，並且說出驚人的決定。

「妳忘記答應過陛下什麼了嗎？」長相平凡、卻有著與外貌不符的奇異吸引力，身爲勇者的魔法導師——伊修卡祭司很乾脆地把手按在勇者大人的頭上使力，硬是把夏思思剛抬起的頭顱壓回去。

「思思，再忍耐一陣子吧！」艾莉語重心長地道：「以人民對魔族的怨恨，若現在傳出勇者與魔族勾結的消息……」

「勾結就勾結嘛！反正我與奈伊交好是事實，那又不是一天兩天的事情了。」撥開在頭上肆虐的手，少女無所謂地說道。

「現在妳的身分已經不同了，有很多事情並不如外表那麼簡單。」埃德加以淡漠得近乎殘酷的語氣說道：「思思，妳還記得陛下曾經說過，在經歷了這場大戰以後，人民最需要的是什麼嗎？」

「……希望。」

點了點頭，凱文接下隊長的話：「現在我們就是民眾的希望了。因此我們——尤其是身爲勇者的妳，必須要完美無瑕才可。」

「陛下不是也允諾了我們嗎？會告訴人民魔族並不全都是邪惡的。然而想法並不是一朝一夕便能改變的東西，這段時間……就只能暫時委屈奈伊了。」

就連泰勒也放輕了一向洪亮的聲音，安撫起少女來道：「妳就忍耐一下吧！」

定定地看著曾一同出生入死的同伴，夏思思若有所思的視線讓眾人有點不安。最後少女彷彿回復了冷靜，輕輕問了句奇怪的問題，道：「這是大家的眞心話？」

面對這個問題，眾人疑惑地對望一眼，最終一致地回以肯定的頷首。

「我明白了，我會忍耐的。」笑了笑，夏思思便開始吃起她面前那些精緻的下午茶糕點，道：「只是晚上我要去看看奈伊，這點你們不會反對吧？」

再度疑惑地對望，心想這次少女也未免太好說話了。伊修卡向夏思思投以審視的視線，少女也不避諱地筆直回望過去，最終少年祭司輕輕地嘆了口氣，道：「可以，但爲免你們弄出什麼亂子，要讓埃德加陪妳過去。」

一瞬間，只是一瞬間而已，夏思思素來靈動的眼神忽然變得銳利無比。可是當伊修卡想要再看眞點的時候，卻只看到少女甜笑著說好。

懶懶的、然而又輕靈跳躍的語氣，以及故意拉長的尾音令伊修卡頭痛地皺眉，每當夏思思露出這種神情，就是說她正準備要闖禍了。

「思思，我是說眞的。當妳有了足以影響人民的身分及地位以後，便不得不做出選擇。雖然有時候很殘忍，可是民眾與魔族到底哪邊比較重要？妳應該很清楚吧？」伊修卡祭司，實際卻是這個世界的中心信仰——眞神卡斯帕，語重心長地想要令眼前那在祂眼中過於年輕的勇者明白世間很多事情並不是完美的，人有的時候也是需要妥協的。

有時候，也是需要殘忍地做出選擇。

左與右，哪邊比較重要？

「當然，我當然是明白的。」露出諒解的笑容，夏思思的神情沒有一絲陰霾。只是沒有人發現少女的手其實像是在忍耐著什麼似地，在桌下握成了拳頭，被指尖刺傷的手掌滴下點點的猩紅。

這時夏思思想起了與奈伊分離時，對方那雙美麗的漆黑眼眸中所顯現的神情。

或許，魔族眞的是血腥與殘忍暴力的象徵。

可是你們知道嗎？不被人類接受、讓人們恐懼驚惶的存在，在我的眼中，有時候卻只是一個怯懦又脆弱的孩子。

ch.6 左與右

月黑風高的晚上，兩道身披黑色斗篷的人影從宮殿出發，偷偷摸摸地來到了王城附近的一座小城鎮。

走在前頭的人長得比較嬌小，雖然無法看清長相，但從身型看來應是名女子。而策騎緊跟在女子身後亦步亦趨的身影，則是一名修長的男子。即使處於深夜，但兩人盡挑沒有行人的山徑而走，這種顯然不想讓別人知悉身分的舉動更是加深了他們的神祕感。

來到山崖下，領頭的女子把黑馬拴在大樹旁，並伸手把遮掩住容顏的斗篷拉下，清秀的面貌以及清爽明淨的氣質，不是偉大的勇者大人夏思思是誰了？

同樣把坐騎拴於樹下，爲了掩人耳目而放棄策騎安德莉亞之駒的埃德加，並沒有對突然更換坐騎一事顯現任何不適應，這讓少女不得不佩服他的精湛騎術。

上至劍術魔法，下至指揮騎術無一不精，果真是個一絲不苟的聖騎士！

於是大名鼎鼎的勇者以及聖騎士長，就這樣子以極其可疑的裝扮來到傳說封印了魔族的山崖，目的——私會魔族。

夏思思忽然發現此刻自己的裝扮倒眞有幾分像紅杏出牆來私會情郎的女人，而身後那冷著一張臉的聖騎士則是跟蹤太太的丈夫……

立即甩了甩頭把腦海中的驚駭想像給弄走，少女這才發現在自己胡思亂想的時候，兩人已經來到了隱蔽的洞口外。

緩步步進山洞的少女不禁滿臉唏噓，想當初她就是在這個地方與那黑色的魔族相遇。當時大家的心思很單純，只是因爲喜歡而把他留在自己身邊，卻從未考慮過更久遠以後的事情。

那個時候，只是單單喜歡這個人在自己的身邊而已……

「思思，讓我先進去吧！」

少女抬頭，看到埃德加有點警戒的神情後不禁苦笑起來。從什麼時候起，同伴們接觸奈伊時總是帶著若有似無的抗拒呢？

她知道有些東西正以自己無法阻止的速度轉變、流逝，想要阻止卻無能爲力。

「不，就這樣進去好了。」拒絕了埃德加的好意，夏思思明白對方要顧及的東西一向比自己來得多。然而她終究還是無法對那名被稱爲「魔族」的男子產生任何警戒。即使是現在，夏思思仍舊相信那個人永不會傷害自己。

「只要她存在的每一天，我便會陪在身邊保護她，不讓她受到任何一點兒的傷害，這有問題嗎？」

「我喜歡思思專注看著我的眼神。」

「即使是我，也變得益發貪心起來了吧？眷戀著人類的溫暖，有了想守護的東西，也有了想擁有的東西。所以，思思……」

身旁聖騎士那略帶不滿的語調，很快便沖散了夏思思記憶中的話語，道：「那太冒險了。妳也看到今天下午奈伊的眼神，他……」

「不會有問題的。」笑了笑打斷聖騎士的話，少女語帶雙關地說道。

無論是她的安全，還是奈伊本人，夏思思都相信不會有問題的。

這個魔族只有溫柔是長處嗎？她可不記得把他「教育」成如此脆弱的喔！

穿過洞穴內部那條狹窄的道路，裡面的景象令兩人震懾得說不出話來。

堅硬的岩石被打擊得碎裂，岩壁滿是醜陋的坑洞與裂痕，少量卻刺眼異常的鮮血濺在美麗的晶石上，看得少女的內心猛然一陣縮緊。

而夏思思最掛念的那個人則是失去了影蹤，無論少女怎樣呼喚也找不到。

這還是埃德加首次看到少女這麼生氣……不！這已經不是「生氣」的程度足以形容了，而是「憤怒」！

「思思，妳冷靜一點，血跡並不能代表什麼，難道妳忘了今天下午他曾受過傷嗎？也許奈伊只是想一個人靜靜而已。」追在策騎著黑馬的少女身後，埃德加拚命催促坐騎前進，卻依舊無法拉近兩人間的距離。

此時青年開始後悔為什麼換下了慣用的坐騎，不然以安德莉亞之駒的腳力，要追上小黑馬絕對是輕而易舉的事。

「不會的。無論發生什麼事，奈伊是絕不會對我避而不見的，他必定是遭到攻擊這才逼不得已躲起來！」少女沒有回頭，仍舊全力策騎往城鎮的方向趕去。

靜默良久，埃德加嘆息了聲，道：「妳真的很信任他啊……」

這一次夏思思不再搭話了。

因爲是理所當然的事情，所以沒有回答的必要。

全速趕到城鎮的兩人，果見這個本來熱鬧和平的小城鎮瀰漫著無法遮掩的不安以及緊繃的氣息。看到城裡的男子全副武裝地在搜尋著什麼，夏思思一顆心便直往下沉。

「孩子們漏了口風，我們這才知道長年封印在洞穴裡的魔族早就打破封印獲得自由。聯絡王城後，在支援趕來以前，先要把這魔族的所在位置找出來。」果然攔下其中一名男子一問，便證實了少女所料不差。

看到夏思思那瞬間變得蒼白的臉，眾人誤以爲這年輕的女孩在害怕。一些路過的市民都停下搜查的步伐，安慰起這兩名陌生的生面孔，道：「兩位是旅客對吧？請不用太擔心，我想王城已經派出士兵，支援應該很快就會到了。只是以策萬全，兩位這段時間還是留在旅館不要外出爲佳。」

看到眾人一臉和善、關切的神情是如此地眞摯，完全無法讓人把他們此刻的神情與說及魔族那時的憎惡連在一起。

在慨嘆的同時，夏思思敏銳地捕捉到男人們話裡的重點。

霍地抬起頭，在少女瞪視的視線下，埃德加難堪地別開了視線。

「他們通知了王城？也就是說你們早就知道，而且沒有阻止他們？」既然居民向王城匯報了奈伊的事情，那麼身爲擅長對付魔族的聖騎士，尤其身爲「英雄」的第七小隊，是不可能會沒收到消息的。

也就是說，所有攻擊奈伊的舉動，都是在同伴們的默許下進行。

「思思，請相信我，我們絕對沒有傷害奈伊的意思。」埃德加連忙解釋道：「我們本打算假裝答應他們的要求，派出自己人暗中幫助奈伊逃走的。只是猜不到居民竟然這麼大膽，王城的支援未到便想要向奈伊出手。」

嘆了口氣，夏思思輕聲說道：「埃德加，有些時候，所謂的傷害並不只限於肉體上。你們眞的認爲現在大家與背叛無異的舉動，一點兒也沒有傷害到對方嗎？」

這句話與其說是對埃德加的指責，倒不如說是少女對自己的質問。

同時，到了此時此刻，夏思思確定了自己的選擇。

既然保持中立只會讓大家感到痛苦，那就確實地選擇其中一邊吧！

而沒被選擇的一方就只能捨棄了。

畢竟天秤就是爲了衡量而存在，傾斜的一邊總是較爲重要。左與右只能選擇一

方的話，哪邊比較重要不是一目瞭然嗎？

魔族與人民難得重拾的希望。

一人與全世界人民的差距。

夏思思的長髮忽然浮現出淡淡的藍光，以少女爲中心凝聚了陣陣濃郁的水氣。當那濕氣凝聚成的迷霧變成清晰可見的點點水珠時，少女瞬間使出強大的魔力，細微的水珠頓時像遇上巨浪的浮萍以高速四散開去。

吸了口氣，夏思思中氣十足地大吼道：「混蛋奈伊！是男人的話便立即給我出來！」

頓時每一顆水珠都以十倍的音量把少女的話重複了一遍，聲音魔法的技巧升級版本，瞬間把所有人的耳朵震得嗡嗡作響。

毀天滅地的巨響以後，夏思思頓時成爲所有人注目的焦點。居民先是驚訝於這名年輕女孩忽然於人群中使用起聲音魔法（內容還怪怪的，聽起來像在尋人？），怎料這麼好奇一看，竟發現眼前的少女愈看愈是眼熟……

「勇者大人！」終於其中一名居民總算認出了這名長相清麗的少女，正就是每次英雄們巡遊時走在最前頭、呵欠連連的勇者夏思思！

原來眼鏡下的臉，是長成這個樣子的嗎……

對於眞面目被看穿一事少女顯得無動於衷，這反常的態度引起身旁聖騎士的不安。夏思思不是很介意容貌被別人知曉的嗎？現在少女給人的感覺，就像是她再也不在乎自己往後的日子是否會因此而招來更多的滋擾。

當埃德加看到少女那倔強的側臉後，禁不住嘆息道：「思思，妳這又何苦呢？奈伊是不會出來的，現在他躲避我們都來不及……」

青年勸說的話忽然停止，一雙美麗如藍天的蔚藍眼眸訝異地瞪大，無法置信地看著那因少女的召喚而突然出現於眼前的漆黑身影。

與記憶中一樣的黑色眸子一眨也不眨地深深看著少女，就像是想要把夏思思的身影刻劃在他的腦海裡似地。魔族的神情既怯懦又不知所措，很想衝前像以往一般站在少女身邊的位置，卻又猶豫不決著深怕自己的舉動會替夏思思惹上麻煩。

渴望卻又委屈，看起來就像隻被主人遺棄的可憐小狗。

在眾目睽睽下，夏思思不理會居民看到奈伊以後的反應，任性地向魔族伸出了

手道：「奈伊，過來。」

……倒還眞的滿像在呼喚寵物的樣子。

男子一雙美麗的漆黑眸子，頓時泛起了強烈的掙扎神色。

想上前，想要牽上對方伸出的手。但，眞的可以嗎？

對於自己魔族的身分與人類的差距，奈伊並不像以前那般只有模糊的概念。這段時間讓他深切地感受到，即使外表再相像，即使他再重視對方，但他們仍舊是不同的。

他的魔力會讓生命枯萎，他的血液對其他生物來說是劇毒，他的雙手永遠像冷血動物般透著微冷的溫度……

可是夏思思卻仍舊呼喚他回到她的身邊。

這就已經足夠了，他不想再爲重要的人添上任何麻煩。

「奈伊，我的手很瘦，你再不過來我便生氣了。」懶洋洋的語調響起，與往常一般懶散隨性，可是青年卻沒有看漏對方眼中的堅決。

魔族毫不懷疑只要自己一有想要離開的舉動，夏思思便會使出魔法先把自己打趴再說。

那就沒辦法了，奈伊如此說服自己。

於是在圍觀者的驚呼聲、抽氣聲以及謾罵聲中，魔族一步步地往勇者走去。無視於群眾益發表現得激動的情緒，奈伊的內心只在乎一個人，眼裡只看得見那隻向自己伸出的手。

只要名為夏思思的這個人類願意接納他的話，身旁的一切已經變得毫不重要。緩慢的步伐一步又一步地拉近彼此間的距離，隨即愈來愈快。最終男子彷彿等不及似地小跑步起來，拉住少女伸出的手，並一把將對方扯往懷裡。

「即使是我，也變得益發貪心起來了吧？眷戀著人類的溫暖，有了想守護的東西，也有了想擁有的東西。所以，思思……」

「所以，思思，不要放開，請不要放開妳伸出的手。」

男子呢喃著說出當時少女聽不清楚的話語。最後，他終究還是眷戀著人類所給予的溫暖。

奈伊擁抱的力量很緊，卻小心地控制著力道沒有弄痛懷裡的人。把頭埋在對方

的胸口，夏思思安心地聽著對方略略變得急速的心跳聲。

然後微微一笑。

這一次，她總算聽清楚魔族在那時候所作出的請求了。

「奈伊，你想要留在我的身邊對吧？」埋首在男子懷裡的夏思思讓人看不見表情，但從語氣聽來還是令魔族感受到她的認真。

於是奈伊也就說出猶如誓言般地鄭重回答道：「當然，這是我一生的請求。」

「無論如何嗎？」

「無論如何。」

「即使要離開你一直生活著的地方，重新適應一個新的環境，你也願意嗎？」夏思思悶悶地問道。

稍微收緊臂彎的力道，魔族溫柔真摯地說了聲：「我願意。」

……夏思思忽然覺得哪裡怪怪的，怎麼他們的對話聽起來竟像是在求婚似地？

（而且求婚的人還是她……）

不過算了，他答應就好。

窩在奈伊的懷裡，少女抬頭仰望天空，泛起有點狡黠的笑容，道：「卡斯帕，你聽得見我的話對吧？勇者現在要領取獎品了喔！」

所有人在聽到少女說出眞神的名字時明顯一愣，因魔族的出現而變得驚疑的視線瞬間便被敬畏所取代。

在眾人面前，一道耀眼的光芒緩緩降落於勇者的前方。

隨即，神明的聲音從眾人的心靈深處響起，道：「妳不是說沒什麼特別想要的東西嗎？」呃……眞神的語調好像比想像中年輕又輕浮？

靈巧地皺了皺鼻子，夏思思理所當然地討價還價起來，道：「我只是說暫時不需要，可沒說過不要啊！員工有追討工資的權利。」

「……還眞是厚臉皮的發言。」

「你管我。」

「事情完結以後妳不是留在城堡白吃白住了嗎？住宿與伙食費早就塡補了一切啦！」少年的嗓音只能以「老奸巨猾」來形容。

可是夏思思也不是省油的燈，道：「你不說我還差點忘記自己白白當了王族的

形象大使，記得把加班費一併計算進去喔！」

聽著這沒營養的市儈對話，眾人內心那眞神以及勇者的神聖形象瞬間幻滅了。也許是衝擊太大，旁聽著一人一神爭執的民眾全都囧掉了，就連魔族近在眼前也忘記了攻擊。

埃德加則是一反平常淡漠的表情，在一旁努力地大打眼色。

形象啊兩位！注意你們的形象與氣質啊！

很可惜聖騎士的暗示早就被兩人徹底無視掉。

最終的結果還是一如以往，眞神拗不過自家徒弟而先做出讓步，道：「算了，妳想要求什麼？」

「讓我回去原來的世界吧！連同奈伊一起。」

聞言，不論是聖騎士、魔族，以及圍觀的民眾，所有人全都僵住了。就連眞神的聲音也靜止了好一會兒，異常的沉默充斥在夏思思的四周。

無視各人亂七八糟的精彩神情，少女等了一會兒仍無法獲得回覆，便疑惑地呼喚著雖然人並不在現場，但絕對正以法力在偷窺著自己一舉一動的惡劣神明，道：

「喂喂？卡斯帕，你睡著了嗎？」

「……誰會在對話時睡著啊？我又不是妳。」良久，才傳來眞神有點脫力的回答，而且內容還有點微妙？

民眾不禁都把視線轉至勇者身上。

她沒有否認……

也就是說，大名鼎鼎的夏思思大人，眞的曾在與眞神說話時睡著了!?

不理會旁邊民眾千變萬化的表情，少女有點任性地抿起了嘴，道：「怎樣都好，聽到的話便把我們送走吧！你答應過我的。」

「思思，願望只能實現一次而已，妳決定這樣便可以了嗎？妳可以選擇財富、權力、吃不盡的甜點、長生不老的生命，甚至是一個國家我也可以給妳的喔！」

「不要，太麻煩了。」雖然她也可以選擇建立一個接納魔族的國家，但還是乾脆把奈伊帶回原來的世界比較方便快捷。

何況即使她獲得了一個國家，也不保證奈伊不會再度受到傷害。

因爲這個世上，也有些事情是神力無法控制的。

例如人心。

「妳是認真的嗎？」雖然神情仍是一貫的冷漠，然而彷如晴天的蔚藍眼眸無法隱藏內心的難過，埃德加正盡著最大的努力，想要挽留決意離去的少女，道：「即使不向眞神祈求，在這個世界裡妳已經擁有眾人渴望的權力與榮耀，思思妳要把這些都捨棄掉嗎？」

離開了奈伊的懷抱，夏思思走到了騎士的身前。第一次，也是最後一次舉起了手，撫向青年那俊美的臉龐，彷彿想要把對方的悲傷難過抹去般道：「權力與榮耀，讓我留在這個世界的原因從來並不是這些，從來都不是。」

說罷，夏思思便要退開，可是埃德加卻握住了對方想要抽回的手，藍色的雙瞳一眨也不眨地看著少女，很認眞地想要尋求答案，道：「爲什麼？妳是勇者，爲什麼比起人民，妳的選擇竟會是他？」

筆直地回望過去，夏思思堅定不移地道：「因爲失去了我，奈伊會很難過，非常非常地難過。何況這個世界已經無法容納純種魔族的存在，因此我必須帶他走。

然而我離開了的話，人民雖然會失望、迷惑，會感到被背叛而忿怒，但這種感情終究會散去，他們還是會重新振作起來。勇者的地位即使多崇高，在人民的生活中也只是個無關緊要的人而已。」

「這就是我的選擇。」堅定地，夏思思毫不猶疑地一字一字說道。

看到對方堅定不移的眼神，聖騎士緩緩放鬆了握著對方手腕的力道，他終究沒有說出自己最想說的話。

若是為了我的話，妳會願意留下來嗎？

一直以來埃德加都很羨慕奈伊，身為魔族的他沒有人類那些繁重無聊的顧慮，總是想到什麼便說什麼。雖然話裡的內容總是讓人感到無奈又好笑的時候居多，但往往都讓聖騎士萬分羨慕。

可在很久以前，早在遇上勇者與魔族之前，埃德加的心裡早就進駐了更為重要的東西。

他所信仰的神明，以及他發誓要守護的國家！

因此他無法把身爲魔族的奈伊與少女一起挽留下來，也無法說出跟隨夏思思一起離開的任性話語。最終只能放開手，讓少女離開自己的生命。

選擇往往都是殘忍的，右與左，必定要捨棄其中一方。

夏思思最終捨棄了同種族的人類，選擇了更爲需要她的魔族。

而埃德加，則選擇了養育他的國家。

在夏思思牽起了魔族的手、一臉準備就緒的神情仰望天空之際，卡斯帕的嗓音惡劣地響起，道：「思思，認爲人民很快便會把妳淡忘掉，妳也太小看自己了。對這個因大戰而千瘡百孔的國家，身爲勇者的妳所帶來的影響可比妳所想的重要得多。妳眞的肯定人民能從『勇者與魔族私奔』的打擊與背叛裡恢復過來嗎？」

無所謂地聳了聳肩，少女表現得一點也不緊張，道：「卡斯帕，你還記不記得我們初次相遇時，我所說過的話？」

少年的嗓音忽然靜止，他從未忘記，初次相遇時夏思思曾對他說過的話……

何況你說的那個世界若是氣數未盡，那麼活在那兒的人自會自救。先不說我有沒有這個本事，光是只會依靠別人來拯救，那倒不如被毀滅算了，省得礙眼。

靜默了一會兒，便傳來眞神的大笑聲，道：「哈哈哈！也對呢！既然如此我也不再多說了。」

「再見，思思。」

隨之而來的一陣強光，讓夏思思及奈伊反射性地把雙眼緊閉起來。

ch.7
妖魔之地

「喔喔！回來了呢！」

耳邊傳來帶有笑意的清脆嗓音，讓兩人立即睜開雙眼。

映入眼簾的，是一名笑得狡黠的美麗少女，以及揉著眼睛、打著呵欠，剛睡醒的小妖精。

驚愕地睜大眼睛，夏思思指著眼前的兩人道：「你你你……我我我……」神態與台詞活像是喝醉後一覺睡醒，卻發現自己光溜溜地與別人同床睡在一起似地……

惹得那被妖精們稱呼作「母親」的少女覺得很好玩，不客氣地哈哈大笑。

等等！妖精!?

慌忙想往前的夏思思忽然腳下一空，往下看才發現自己身處於母樹的枝椏上。還好奈伊眼明手快地攔腰穩住少女的身體，她這才逃過了從高處摔下去的命運。

這麼一嚇，夏思思當機的大腦再度冷靜地運作起來。想了想，少女劈頭一句便問：「可以交給我們了吧？聖物的碎片。」

有點訝異對方這麼快便進入狀況，母樹興致勃勃地打量了勇者好一會兒，這才笑道：「嗯！想看到的東西、想知道的東西，以及想得到的東西，我都確實地收到了。」

說罷，便見對方雪白的手一揮，隨即母樹那近似琥珀的茶色樹幹光芒大作，夏思思不由自主地伸出了手，一枚泛著七彩光芒的虹色碎片便輕輕巧巧地落在少女的掌心。

「母親！」扶住搖搖欲墜的母樹，妖精滿臉緊張擔憂。此刻那幻化成人形的母樹，晶瑩雪白的膚色瞬間變得慘白，一頭點綴著晶石的銀虹長髮也變得暗淡無光。

與人形的她互相呼應似地，本體的大樹隨著碎片的浮現而急速枯萎，破碎了一大片水晶枝葉，如雪花般的落葉形成燦爛美麗的銀雨。

夏思思扯了扯青年的衣袖，奈伊會意地抱起少女，發力一跳便輕巧落到母樹與妖精所在的遙遠樹幹上。

「沒事吧？」

「怎會沒事！驟然讓如此強大的東西離開自己的身體，即使是母親也會吃不消的！都是你們不好，擅自相識，又擅自決裂，擅自把碎片交託給母親保管，又擅自把它要回去！」母樹還未來得及答話，支撐著她身體的孩子已經連珠炮似地責怪起

兩人來。

「呃……除了最後一點外，我想你要罵的人並不是我們吧？」聽得一頭霧水的夏思思，滿臉無辜地歪了歪頭。

妖精頓時語塞。

白皙的手揉了揉孩子蜜色的頭髮，母樹輕柔地笑道：「沒什麼好生氣的，我的孩子。這碎片只是保管在我的體內，總有一天是要歸還的，因爲這是很重要、而且意義非凡的東西。」

「這是被人類稱爲『闇之神』的羅奈爾得，送給卡斯帕的第一份、也是最後的一份禮物。」

「妳是說羅奈爾得？眞神與闇之神？」一臉不可思議的神情，夏思思訝異地反問眼前仍舊虛弱的母樹。

身旁的魔族緊張地摀住了少女的嘴，警戒的視線敏銳地看向遠方，道：「思思，他正在看著我們，別再呼喚那個人的名字了。」

夏思思這才想起艾莉曾經警告過，呼喚魔族眞名的同時，也代表對方便看得見自己。

看到兩人的反應，母親似乎覺得很有趣地輕輕笑了起來：「放心吧！我們的原野是『約定之地』，那兩個小傢伙是不會攻擊這兒的。因此碎片才會被託付在這裡，你們在原野也是絕對安全的。」

夏思思霍地抬頭，脫口而出的問話竟是：「妳到底多少歲了？」竟然稱兩名神明爲「小傢伙」？

母樹不禁被勇者的問題逗得「噗哧」一笑，她本以爲對方會問及兩人的過住，又或是「約定之地」所代表的意義，想不到卻會詢問如此出乎意料的事情。果然這一代的勇者老是不按牌理出牌的個性，實在是有趣得很。

銀鈴般的笑聲響起，少女外表的母樹俏皮地眨了眨眼，道：「我是遠古精靈族的生命之樹唯一的一顆種籽，早在這代的神明出現、精靈封鎖森林以前，我已經存在於這個世界了。」

夏思思眨了眨眼道：「比卡斯帕那傢伙更早？」

「比他更早喔！」母樹甜甜地笑道：「他們的事情我可是清楚得很呢！因此我

才會想看看身爲勇者的妳，會做出什麼選擇。畢竟……」眼簾低垂，母樹的神情展現出淡淡的悲傷，道：「畢竟，我並不想再看到另一對好朋友最終以反目成仇收場了。」

「喔……」把玩著手中的美麗碎片，夏思思輕輕地應了聲。

「妳不好奇嗎？爲何什麼也不問？」

「當然好奇啊！」夏思思理所當然地回答：「而且誰說我不問的？我們現在正在返回王城的旅途中，到時候遇上卡斯帕，我必定要他好好把事情交代清楚！」

夏思思的話彷彿取悅了母樹，只見她泛起一個輕柔的微笑，道：「直接詢問本人嗎？還眞是妳會說出來的答案。」

說罷，母樹便毫不避諱地在他們面前打了個大大的呵欠，道：「好累，既然你們想要的東西都到手了，那我也不再囉唆下去。失卻了聖物的碎片，我現在可是累得很呢！」

母樹泛起俏麗的笑容伸手向兩人一推，夏思思與奈伊便被推進一股神祕又柔和的力量中。少女回首一看，在閃爍的流光裡，身影變得逐漸淡薄的母樹笑得溫和親切：「回去吧！你們的同伴在呼喚妳了。」

猛烈的強光過後，兩人睜開雙眼，觸目的是同樣一臉訝異的埃德加、凱文，以及艾維斯。

眨了眨眼，少女抬頭一看，這才發現他們已經回到了那片金色的原野。微風吹過，令她想起了母樹分別時的溫柔耳語。

「思思，剛才金光一閃，你們便平空出現了！」艾維斯驚奇地看著少女，想要知道對方到底使了什麼魔法。

「我們見過母樹了，這大概是因爲結界造成的視覺效果吧？讓我們看起來像是忽然間平空出現。」面對青年熾熱好奇的視線，夏思思想了想便做出猜測。母樹所使出的不是空間魔法，雖然少女不確定，但也應該離事實不遠了。

「你們獲得其中一枚碎片了？」略帶冷清的嗓音插了進來，是埃德加。

與奈伊對望了一眼，兩人相對默然。

即使只是夢，但他們確實曾經捨棄了眼前的這個人。

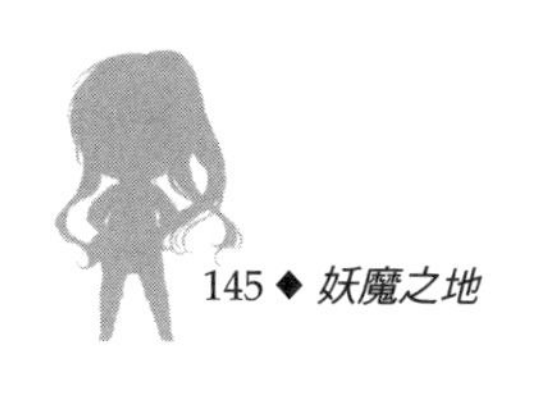

夏思思並不想在事情發生過後才來後悔，既然有這個可能性，她決定現在先防患未然。

相對無言的尷尬持續不到數秒，夏思思便堅定地向埃德加說道：「小埃，你記得旅程開始的時候，你們答允過我的事情嗎？」

雖然不知道少女爲何忽然如此詢問，但埃德加仍是老實地回答：「妳是指哪一點？『食住要最好的，金幣要隨妳花費』？還是『旅途的快慢亦由妳控制，不可催促』、『要有本領高強的護衛，隨行的同伴都要經過妳的同意』這兩項？我記得好像還有『旅途中勇者是最高的決定人，所有同行的人都要聽妳的決策』這一條。」

首次聽到勇者竟向王室及教廷提出如此老實不客氣的條件，艾維斯禁不住「嗤」地一聲笑了出來。

「……最後一點吧……我現在有新的命令了，我要求你們把奈伊的存在公諸於世。我要讓人民漸漸適應奈伊的存在，並且明白即使是魔族也有站在人類這邊的例子。」

「思思！現在正值交戰前夕，我們是否應等待至戰事完結以後再……」

「我要立即。」打斷聖騎士的勸說，少女堅定地重申。

面對夏思思那倔強的眼神，良久，埃德加嘆了氣，道：「我明白了。不過我要先通知教廷，在獲得教皇點頭以後這才作決定。」

「可以啊！」露出勝利的笑容，少女爽快地答應下來。她知道教廷……應該說是絕對把事情從頭看到尾的眞神卡斯帕，是不會拒絕這個要求的。

不然祂便要失去替祂幹活的勇者了。

□

取出藏在懷裡的聖劍碎片往埃德加遞去，聖騎士小心翼翼地把碎片接過來，態度既虔誠又恭敬，活像捧在手心的並不是一片小碎片，而是名高貴的神祇，看得夏思思暗暗好笑。

「碎片本就是初代勇者的寶劍，此刻還涉及眞神與闇之神的過去，是遠比大家所想像的更要來得珍貴重要的東西。」聽到埃德加的解釋，少女這才發現自己不知

不覺間把心裡所想的話說了出來。

隨即埃德加便拔出腰間的劍，並把碎片放在利刃上唸出一段咒文，瞬間碎片便融入了銀色的劍刃中。看得夏思思雙眼閃閃發亮，慌忙以卓越的記憶力把咒文背誦下來。

聖騎士所使用的光明系魔法以治療及淨化爲主，然而偶爾也會有這些符合勇者口味、有趣又實用的小魔法。可惜對付尋常魔族，使劍對付已經綽綽有餘了，因此能看到他們使用魔法的機會實在是少之又少。

忽然想起卡斯帕笑言要她學習劍術的建議，夏思思連忙甩了甩頭，二話不說便打消這個念頭。甚至還暗下決定，絕不能讓伙伴們知道這件事情，不然天曉得他們會怎樣逼她練習！

「既然現在聖物的碎片已經到手，那我們便可以離開了吧？」凱文吁了口氣，他總算能夠回到充滿漂亮小姐們的人類城市了！

依依不捨地看了看藏身在金黃野草中、大大貓兒眼警戒地盯著自己的妖精們，夏思思點頭笑道：「嗯！繼續往王城前進吧！」壓下撲過去的衝動，雖然小妖精的確很可愛，可是少女沒有忘記他們驚人的嚎啕大哭。

「……母親讓我來帶路。」不情不願的嗓音從低處響起，眾人低頭一看，金綠眸子的妖精不知什麼時候站在身旁。

看到少女驚喜的表情，來自亡者森林、對方向感異常敏銳的艾維斯微微一笑，便把帶路的話吞了回去。

分別之際，夏思思忍不住往孩子的身上撲過去。妖精竟也難得地任由少女抱了個滿懷，溫軟甜香的小小軀體令勇者愛不釋手。最後看著少女喜悅的臉，孩子彆扭地說道：「雖然我討厭人類，不過母親喜歡你們。下次再路過原野的時候，便順道來探望我們吧！」

揉了揉孩子蜜色的髮，夏思思笑逐顏開地道：「嗯！」

□

原野的出口與入口不同，此刻位處於克勞德城南方的眾人大大偏離了原本的路

線。埃德加主張先折返至城鎮，再繼續跟著先前設定的路線走。然而夏思思此生最最討厭的，卻剛好就是要她繞遠路。

「特地繞回去不是更花時間嗎？從這兒直接出發更簡單快捷吧？」怎樣也不願意做「折返」這種蠢事，少女說不動就是不動。凱文驚駭地看著自家隊長散發的寒氣愈來愈冰冷，而艾維斯卻是興高采烈地在看好戲。

出乎意料外，奈伊這次卻站在聖騎士那邊，道：「這個方向再往前走便是妖魔之地，那是魔族的領域，是從來沒有人能活著離開的危險地帶，聽說那兒住有無數高等魔族，而且……」

眨了眨眼，夏思思打斷了奈伊的話，道：「既然沒有人能活著出來，人們又怎知道裡面有什麼？」

愣了愣，兩名男子一時間說不出話來。

「總覺得是有人故意散布謠言，好讓別人不要進入那個地方。」喃喃自語地小聲說道，夏思思手一拍，歡樂地宣布道：「決定了！接下來的目的地就是妖魔之地！」

有時候，人眞的不能輕易作出承諾。

就像此刻的聖騎士長，每次當勇者大人「善意地」提醒他——「還記得離開王城以前，你們答應過我什麼嗎？」的時候，他便會再一次對先前的草率承諾有著深切的體會與悔恨。

就一個承諾，他們便只好應允夏思思所有亂七八糟的命令。也因而導致眾人一路上總是往危險裡鑽，往火坑裡跑。這種明顯找死的行徑令旅程更加驚險刺激、娛樂度大增。

像是他們曾經踏足可怕的「亡者森林」，就因爲勇者大人喜歡靈異事件！

就像他們要在這種敏感時期公開奈伊的存在，就只因爲她不爽！

就像現在他們要闖進妖魔之地，就因爲夏思思討厭繞遠路！

就像……

揉了揉發疼的額角，埃德加決定不要再想下去，以免一不小心氣死自己。

□

此刻眾人身處於美麗的花田上悠閒地野餐，陽光明媚，鳥語花香，實在是個絕佳的休閒地點。

只要忽視隱藏於陰影中那一雙雙血紅的眼眸的話……

吞了吞口水，被如此「熱情」注視著的凱文深覺吃不消，要是注視他的對象換成是漂亮的小姐有多好？

想當初他們因夏思思的一個決定，便懷著視死如歸的壯烈心情踏進這片被稱爲「妖魔之地」的神祕土地。怎料一路上卻是風平浪靜，然後他們便發現這片土地的影子中，竟躲藏了數之不盡的不明生物！

一開始看到這些藏於暗處的紅色眼瞳時，他們曾誤以爲這是妖獸的視線，然而這想法卻被奈伊否定了。一路上也不見這些動物做出任何攻擊行爲，牠們只是與眾人保持著一定的距離，好奇又警戒地尾隨在後，並且數量隨著時間的流逝而變得愈來愈多。

「奈伊，這些東西眞的不是妖獸嗎？」最終凱文還是忍不住，一再向同伴中唯一的魔族雷達進行確認。

「不是……不完全是。」

相比先前的答案多了個令人不安的詞彙，所有人聞言皆愣了愣，問：「不完全是？什麼意思？」

想了想，魔族伸手往地上的影子隨意一抓，便抓出了一隻外表疑似是松鼠的生物。之所以說是「疑似」，是因爲這小傢伙除了擁有松鼠的外型外，還擁有三支小小的角。

最重要的一點是，普通的松鼠絕對無法融在影子裡！

被魔族抓著的松鼠憤怒地吱吱叫，可惜魔族的身體比人類強壯得多，不論是那胡亂舞動的小爪子或是銳利的尖牙，都無法對奈伊造成任何傷害。看這隻怒極的小松鼠既沒有噴出火焰，也沒有放出可疑的毒液，怎麼看都只是普通的小動物而已。

「牠們的體內混有小量妖魔的血。可是這裡……」奈伊指了指松鼠那紅紅的大眼睛，道：「卻有著神聖的氣息，與思思的感覺有點像。」說罷，奈伊手一鬆，松鼠便立即逃回地上的影子裡。

「咦！與我有點像？」有點含糊的聲音，少女驚呼的同時仍不忘把甜點往嘴裡塞。

想了想，奈伊補充道：「與那名叫奧汀的孩子身上的氣息也有點像。」

忽然感受到一陣激烈的情緒波動，醒悟、猜疑、憤怒以及惡意。奈伊敏銳地往這些情緒來源一看，這才發現那名無論遇上任何狀況都一臉遊刃有餘的青年，竟瞬間露出一種想要把某人置之死地的猙獰神情。

「艾維斯？」

被奈伊的驚呼吸引，眾人聞聲都往艾維斯看去，皆被他此刻的模樣嚇了一跳。

「喂！你怎麼了？」凱文有點慌亂地按住艾維斯的肩膀，感覺好像不這麼做，平常總是笑咪咪的青年便會沒入那片閃耀著一雙雙紅光的黑暗中，宰掉讓他出現如此強烈情緒的東西。

就在眾人都因青年的反常而擔憂不已之際，「噗」地一聲水聲令現場火熱激動的氣氛瞬間冷卻。

「如何？冷靜下來了嗎？」身爲始作俑者的夏思思甜甜笑道，而在少女那頭幻化成淡藍的髮絲旁邊的，是與主人笑得同樣惡劣的元素精靈。

被噴了一臉冷水的艾維斯無言地將濕漉漉的髮絲繞往耳後，再度回復了以往的優雅從容，道：「竟然叫精靈小姐拿冷水潑我，真過分啊！我要是因此感冒了怎麼辦？」

眼珠一轉，夏思思從善如流地反問：「難道你比較希望我用熱水？」

「……不，思思妳選擇用冷水真的太好了。」

看到青年狼狽的樣子，水靈發出清脆的嘲笑聲。隨即藍光一閃，精靈便再度回到夏思思的長髮中，並於離開時很有義氣地順道帶走了艾維斯的一身水氣，很快地，青年又再度回復先前的乾爽。

雖然艾維斯表面上看似已恢復正常，然而奈伊仍是敏銳地察覺到對方隱藏著的憤怒。這令鮮少會干涉同伴私事的魔族稀有地出言詢問：「艾維斯，你仍在生氣？」

完全看不出絲毫怒意的笑臉愣了愣，接著優雅燦爛的笑容便變成了苦笑，道：

「還真的是什麼也瞞不過奈伊啊！」

眨了眨那雙猶如黑曜石般的美麗眸子，奈伊筆直的視線像極了他的「監護人」。只見魔族想了一會兒，然後很認眞地澄清道：「剛才的話，並不是爲了指責你有所隱瞞而這麼說的。」

聞言，艾維斯不禁莞爾一笑，道：「我明白。我知道你是在關心我。」

經過這段一起旅行的時間，奈伊已經變得益發有人情味，也比較懂得表達自己的想法。不像以前，空有滿腦子的知識，卻完全不懂人情世故，這都要歸功於夏思思的影響。

奈伊的存在，也同時打破了艾維斯長久以來對魔族的看法，也把他從對魔族的仇恨中拯救出來。現在艾維斯已經能很清楚地區分出，殺他家人的魔族與奈伊，甚至其他的魔族……是不同的。

就如同人類中有善惡的存在一樣，他不應單方面認爲魔族全都是冷血凶殘的凶手，雖然善良的魔族眞的確實過於稀少，但卻也因而更顯得珍貴。

「眞是不可思議啊！想不到我竟會有被魔族關心的一天呢！不過感覺還不賴。面對著你的時候，就像能放下一些不必要的東西似地，感覺輕鬆多了。」艾維斯露出一個淡淡的笑容，這次奈伊總算感到那種充滿惡意的憤怒逐漸消散。「謝謝你，奈伊。」

奈伊安心地吁了口氣，並向青年回以一個微笑，道：「克絲蒂娜也說過類似的話呢！」

陌生的名字令眾人愣了愣，最終記憶力超群的夏思思提醒了聲，道：「克絲蒂娜，冰雪之國的祭司。」眾人這才恍然大悟。

面對同伴們深感興趣的視線，奈伊便解釋道：「那時候克絲蒂娜稱呼我為『夜』，並且我告訴我，預言壁顯示這是一個會令人忘卻痛苦與災難的名字。」說罷，男子疑惑地看向替他命名的少女，表情透露出些許迷茫，道：「可是思思不是說，這個名字是取自於我的瞳孔及髮色，是解釋為『黑夜』的意思嗎？」

「啊啊！不愧為聖物的碎片。這明明就不是你們世界能知悉的事情，卻還是以本質來顯現出我的腦中所想呢！」看到奈伊聞言以後，表情更顯困惑，夏思思不禁被魔族的神情逗得笑了起來，道：「『黑夜』嘛！在我原本所屬的世界，有著一個相關的神話故事。」

不止奈伊，夏思思的話瞬間吸引了所有人的興趣。少女很少主動說起原世界的事情，何況她的適應力很好，他們幾乎已忘掉了勇者是來自於一個與他們此刻生活著的地方完全不同的異世界。

「傳說耶摩與耶蜜是一對雙胞胎兄妹，哥哥去世的時候耶蜜悲傷不已。為了令耶蜜忘掉傷痛，於是眾神便創造了黑夜。那時候世界還只有白晝而已，因為世間有了黑夜，接著才有『第二天』的出現。」

眨了眨眼，夏思思看著聽得入迷的伙伴們，露出了溫柔的美麗笑容，道：「耶蜜的悲傷也在時間的消逝下逐漸消散，從此便流傳有『夜』能讓人們忘掉傷痛的說法。」

首次知道原來自己的名字還有這麼一層意義，奈伊回望進少女帶笑的眼眸，內心莫名生出一種很溫暖的情感，久久無法散去。

「只是艾維斯啊，你別以為這樣便可以轉移話題。」吃得滿足的夏思思打了大大的呵欠，一臉昏昏欲睡地道：「快說吧！你到底想到了什麼而變得那麼反常？」

看到眾人充滿疑惑、更多的卻是難掩擔憂的視線，艾維斯習慣性地把幾絲垂下的髮絲繞至耳後，無奈地苦笑道：「其實思思妳早就猜到了不是嗎？哪還需要問我呢？」

「嗯，我的猜測應該與事實相距不大，只是我還是想聽你親口告訴大家。」少女狡黠一笑，提出艾維斯無法拒絕的話，道：「畢竟這是別人的私事，由身爲葛列格同伴的你來說，比從我口中說出來更恰當不是嗎？」

青年不禁小聲嘀咕道：「妳也知道是別人的私事啊……我認爲應該獲得當事人的同意才能稱得上『恰當』二字。」

夏思思聳了聳肩，道：「沒辦法，我本也不想把事情說破的。然而誰教你剛才沉不住氣讓大家這麼擔心，何況你是想去爲他們報仇吧？人多好辦事，有小埃他們幫忙，總比你單獨一人追查來得好。」

一番話說得合情合理，艾維斯也只能乖乖認輸了，道：「不錯嘛思思！談判遊說的技巧愈來愈好了呢！」

說罷，青年便把所有事情和盤托出，原來葛列格恰恰便是奧汀一直在尋找的「兄長」。當年他的母親瓊安受一名神祕醫生所騙，喝下魔族之血，結果生下了一

對雙胞胎姊弟，最終緋劍家的老夫人為了保全家族榮譽而下令把孩子遺棄。

「天啊！眞狠！即使流有魔族的血脈，但畢竟也是她的親孫兒呀！老夫人竟把他們拆散開來，還分別送至東方沙漠與亡者森林，這不是擺明著要殺掉他們嗎？」凱文不忍地皺起了眉，那名已經過世的緋劍家老夫人他是見過的。以貴族來說，英氣凜然的氣息確實不辱她體內流著的高貴血統。然而與埃德加給人的漠然與冷清感覺不同，老夫人那冰冷如劍的氣息銳利無情，整個人就像一把沒有感情的利器，令人打從心底感到敬畏，卻又無法喜愛如此一個冰冷的人。

在聽及艾維斯的敘述後，埃德加很快便想到亡者森林的副首領，雖然一直都是以紅髮碧眼的面貌示人，眾人誤以爲他其中一隻眼睛受傷所以也沒有多問，然而當他脫下臉上的眼罩之後，大概便是一雙罕見妖異的異色眼瞳了吧？

「等、等一下！那麼佛洛德大人身邊的女子……那位異色雙瞳的魔族小姐……」雙眸猛然睜大，凱文結結巴巴地說出了自己的猜想。

「她是雙胞胎中的姊姊。」奈伊瞬間便肯定了聖騎士的猜測，道：「現在回想起來，雖然非常非常微弱，但她身上的確帶有與奧汀以及葛列格相似的氣味。」

「奈伊。」夏思思表情有點微妙地呼喚出魔族的名字。

「是。」

「不要說氣味什麼的，要說『氣息』才對。」拜託！雖然意思上差不多，可這麼說真的很像變態耶。

雖然不明白，可是奈伊還是很聽話地點頭答應下來。

ch.8 鍊金術師

無視於這段小插曲，性格認真的聖騎士長沉思了一會兒，便已大致了解當時艾維斯聽到奈伊一席話以後的反常原因，道：「如此說來，這個妖魔之地內的生物，狀況確實與葛列格他們非常類似。」

同時帶有魔族與勇者的氣息。

緋劍家族一向視自身的血脈爲榮耀，是絕不可能把勇者之血胡亂遺落於家族之外。而且這種事情也不會出於自然，必定是人爲的。

「艾維斯，你懷疑這兒的獨特生態是那名當年陷害緋劍家族的神祕醫生所爲，對吧？」夏思思輕聲詢問，然而語氣卻幾乎是確定的。

製造這些生物的人不會是奧汀，以那個孩子的性格是不會這樣做的。

也不會是葛列格以及伊妮卡。體內流著的相異血脈令他們受盡苦難，對他們來說，這是一段不願回首的黑暗，夏思思不認爲那兩人會把這種痛苦加諸於其他生物身上。

當年那名神祕醫生替瓊安檢查胎兒時，絕對有機會抽取孕婦體內的緋紅之血，然後再用作於他那扭曲的實驗之上。

雖然不知道對方的目的是什麼，可是顯然他的實驗並不成功。看這些動物根本無法長時間離開黑暗與陰影的範圍，而且沒有衍生出任何令人眼睛一亮的能力就可得知。

環視四周，埃德加的眼眸愈發地冷峻起來，道：「看這可觀的數量，這片土地就是那個醫生的『實驗場』吧？」

雖然並不如艾維斯般與葛列格有著深厚的交情，可是緋劍家族一向深受尊崇，何況他們身為騎士的正義也不容許那醫生卑鄙的行逕。冷起了一張俊美的臉龐，騎士長凜然地道：「既然如此，我們便去會一會這兒的主人好了！」

「贊成！」夏思思狡猾一笑，道：「成功的話，還能讓北方賢者欠我們一個大大的人情呢！」

「我還在想妳怎麼忽然變得這樣積極……思思妳果然不放過任何走捷徑的機會啊……」凱文神情複雜，既無奈卻又有點欽佩地說道。

「好說好說，這樣我會不好意思的。」

「呃……我並不是在稱讚妳……」

同伴們沒營養的對話令埃德加那慷慨激昂的心情煙消雲散。艾維斯苦笑著搖了搖頭，轉而向奈伊詢問：「有辦法知道創造這些生物的人現在身處哪個位置嗎？」

停下與凱文那開玩笑成分居多的吵鬧，夏思思露出了燦爛的笑容，道：「就用那個吧！當時我們在城堡，奈伊你不是單憑感知便查探出身處於遙遠西方的佛洛德了嗎？」

「那是因爲由人類墮入魔道的魔族氣息很容易辨認，而且對方還身負強大的魔力。」看到艾維斯聞言露出了失望的神情，奈伊連忙補充道：「不過妖魔之地的範圍並不算太大，我可以把感知的範圍收窄看看。無論如何，我會盡力一試的。」

說罷，奈伊便走到一個較爲寬闊的位置，放鬆全身，並閉上那雙漆黑的眼眸。在沒有魔力的艾維斯眼中，奈伊此刻的狀況看起來就像是睡著了一樣。

然而在其他身具魔力的同伴——尤其是魔力強大的夏思思眼中，卻看到淡淡的黑暗魔力纏繞於青年四周，就像是於清水中化開的墨，又像是隨風四散的黑霧，以很快的速度向四周擴散開來。

感知是種集精神力與技巧於一身的魔法，即使是擁有很高魔法天賦的夏思思，

也只能把感知擴張至一個房間左右的範圍。

而且人類所能感知到的僅止是魔力的屬性分布以及強弱，無法像魔族一樣察覺出對方的情緒波動。只能說天生便擁有這種技巧，大概是純種魔族的生存本能吧？

良久，那些黑暗的魔力便盡數收回奈伊的體內，隨即男子睜開雙眼，說道：「到處都是這些混血的生物，我感受不到更爲純粹的同族氣息。」頓了頓，青年便皺起了眉，道：「只是……卻找到了森林中居住混有奇怪氣息的人類。」

「人類！」奈伊的一番話大大出乎眾人的預期，驚呼聲頓時此起彼落。

也許因爲受到既有的想法影響，與緋劍家族爲敵、並且身懷魔族血液，他們從一開始便認定那名神祕醫生是闇之神羅奈爾得派來的魔族。

難道對方竟是人類？

這麼一想也並不是不可能，被譽爲北方賢者的青年，不就是由人類墮入了魔道的叛徒嗎？

「我益發想要會一會那個人了呢！」清冷的笑意令艾維斯那張中性美麗的臉龐散發出危險的氣息，就像是一朵帶有尖銳利刺的玫瑰。

從沒想像過對方不是魔族的可能性。然而若那個人眞的是人類的話，對青年來說就更是不可原諒了。

如此殘忍地對待兩名還未出生的孩子，毀掉一個本來應該幸福美滿的家庭，讓其支離破碎的人，根本不配稱之爲「人類」！

「啊啊！我也是呢！」附和著艾維斯的話，凱文邊往奈伊指示的方向前進，邊興致勃勃地摩拳擦掌道：「不往那傢伙的臉上打上兩、三拳，我就不是男人！」

然而，聖騎士那滿滿燃燒著的鬥志，卻在看到奈伊口中的人類時，瞬間燃燒殆盡……

面無表情地拍拍凱文的肩膀，夏思思語重心長地說道：「所以有時候做人啊，說話眞的不要說得那麼滿。是你自己說的，不揍下去的話，可就不是男人了喔！」

呆滯了好一會兒，凱文總算鼓起勇氣走到那名陌生人的面前。然而拳頭舉起又放下，放下又舉起，就是無法下定決心揮過去。

最終，青年苦著一張臉回首詢問：「不打臉行不行？」

凱文之所以會有這種奇異的反應，是有原因的。

此刻站在眾人面前的陌生人，是一種在敵對狀況下，對青年來說頗爲棘手的生物。

只因這種生物在凱文心目中，向來是應被人放於掌心呵護、無論如何也不應向其暴力相待的存在。

那個居住於妖魔之地的人類……是個女人。

而且還是一名長得不賴的女性。

雖然女子的年紀應該不小了，一雙於小巧鏡片下閃閃生輝的棕色眼眸精明且炯炯有神，偏偏女子卻長了一張略帶稚氣的娃娃臉。這矛盾的氣質與容貌配合起來，不但完全沒有給人任何違和感，甚至還有一種很獨特的韻味。

怎樣也猜不到他們要找的人竟是名女性，揚言要往對方臉上揍下去的凱文鬥志頓時便弱了下來。

雖然凱文不是沒有殺過受魔族引誘而墮落的女性，但要他打女人，還要打臉!?凱文無論如何也下不了手。

在對方爲「敵人」的狀況下，從不知「憐香惜玉」爲何物的埃德加則是在部下

仍舊拖拖拉拉的時候，很乾脆地拔出了腰間的長劍指向眼前緊盯自己猛看的女子，道：「妳是誰？這些生物是妳的傑作嗎？」

女子沒有回答，只是逕自以一雙給人感覺很機伶的眼睛，從鏡片後緊緊盯住騎士長的臉猛看。

「我想起來了！」女子忽然激動地雙手一拍，嚇得埃德加慌忙把劍尖移開了一點，以免女子的頭因剛才的大動作與身體分家。

然而女子接下來興奮的問話，卻更令聖騎士感到驚訝無比，道：「難怪我總覺得你那麼眼熟，你是埃德加對不對？」

「咦!?」這是勇者小隊的一致答覆。

□

「原來妳是艾莉的朋友。」喝了口熱茶，夏思思好奇地東張西望。屋內隨處可見寫滿方程式的紙張，一大堆盛載詭異液體的試管觸目皆是，甚至就連桌面也寫滿筆記。與其說這木屋是女子的「家」，倒不如說是「實驗室」更來得貼切。

察覺到夏思思的注視，自稱為瑪麗亞的女子尷尬得滿臉通紅，道：「呃、抱歉，家裡比較亂……」

「沒關係，這種凌亂的狀況讓我想起以前居住的地方，還滿懷念的。」夏思思笑了笑，表示不在意地擺了擺手，道：「瑪麗亞妳是……鍊金術師？」努力思索著於卡斯帕的教育下所獲得的知識，這個世界的科學家好像是如此稱呼的吧？

「是的。」托了托有點下滑的眼鏡，女子向夏思思投以一個打量的視線，道：「我是艾莉的爺爺恩伯特博士的學生。艾莉成為聖騎士以前便是由我照顧的，因此與她的感情一向都很不錯，你們全都是第七小隊的成員嗎？」

「我不是啦！聖騎士只有小埃以及凱文而已。我與奈伊、還有艾維斯不是。」說罷，夏思思便看了看自進入木屋以後便一言不發地坐在一旁、滿臉肅穆也不知在想著什麼的青年。

環視了眾人一眼，聰敏的女學者單刀直入地詢問：「你們為什麼會進入這個受人忌諱的土地？而剛才你們向我展露的敵意又是怎麼一回事了？」

「在我們回答之前，可以請瑪麗亞小姐先回答我們一個問題嗎？」得知眼前的女子與自家部屬關係匪淺，埃德加也就稍微收斂了滿身的殺氣與敵意。然而仔細一看，還是能發現騎士一直採取著能隨時拔劍的防備狀態，道：「妳為什麼會居住在妖魔之地中？這些生物的異變是出自於妳的手上嗎？這樣做有什麼目的？」

眼鏡後的棕眸精光一閃，瑪麗亞笑道：「這可不止是一個問題了。」

埃德加以緊逼的語氣追問：「那就請瑪麗亞小姐回答我這三個問題吧！」

面對聖騎士那銳利而充滿氣勢的瞪視，瑪麗亞有點怯懦地移開視線，道：「之所以會居住在這兒，是因為這片土地是我的實驗場所，這些生物也確實是因我的實驗而變化成現在的樣子。」

猜不到對方會如此坦率地承認惡行，眾人反倒是愣住了，一時間接不上女子的話。

「不過。」瑪麗亞補充道：「這是在獲得布萊恩陛下的批准下所做的實驗。你們對此有任何疑惑的話，可以向陛下詢問。」

想不到令人忌諱的妖魔之地竟是國家的祕密實驗場，就連夏思思的神情也變得凝重了起來，道：「爲什麼？」

「當然是爲了小艾莉。」聞言，瑪麗亞露出很訝異的神情，道：「你們難道從不覺得奇怪，小艾莉的模樣爲什麼一直以來都沒有改變過嗎？」

夏思思把視線從女子的身上移開，轉而投往兩名聖騎士身上，只見兩人皆默然地點了點頭。

與祕銀使用者成爲同伴的日子並不短，他們當然察覺出少女的與眾不同。經過時間的洗禮，埃德加早已由當年秀氣的少年成長爲挺拔的青年。然而被譽爲「史上最年輕入團者」的艾莉，外貌卻沒有絲毫轉變，依舊維持在最初相識時的樣子。永遠的十五歲。

他們認爲艾莉也許流有其他長壽種族的血統，雖然少女的父母都是純正人類。好奇不是沒有，不過聖騎士第七小隊的眾團員卻從未向少女提出過任何詢問。對他們來說，艾莉是他們的同伴，只要知道這點便足夠了，沒必要硬是提起也許會傷害到對方的禁忌話題。

看到兩名聖騎士的神情，瑪麗亞浮現起溫柔的笑容。早就以艾莉母親自居的

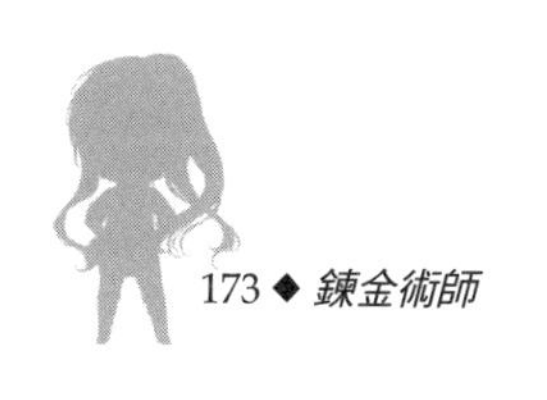

她，向兩名青年低頭致意，道：「小艾莉……一直受大家照顧了。」

然而如此溫馨的氣氛持續不了多久，便被一直沉默著的艾維斯打破，他道：「欺騙緋劍家夫人喝下魔族之血的人，是妳嗎？」

雖然艾維斯除了卸下了往常帶有的戲謔笑容，以及表情較爲凝重之外，一切看起來皆與平常無疑，但從奈伊默然擋於艾維斯與瑪麗亞之間的舉動，仍可以看出對方隱藏起來的殺意。

沒有回答艾維斯的詢問，瑪麗亞驚訝地反問：「你怎會知道緋劍家族的事情？這可是被下令封口的機密！」

緊握著拳頭，低垂下眼簾的艾維斯讓人看不出他此刻的表情，「我是雙胞胎弟弟的朋友。」

簡單明瞭的一句回答，令瑪麗亞震驚地瞪大雙眼，長期處於室內做實驗而很少接觸陽光的蒼白小臉，也因興奮而泛起了激動的紅暈，「他還活著？不止那名黑翼的少女，就連雙胞胎的弟弟也仍活著嗎？天啊！這是怎樣的奇蹟！」

看到興奮不已的瑪麗亞，艾維斯皺起了清秀的眉，冷冷地問：「妳似乎很了解雙胞胎的事情。」

「這是當然的，因爲我曾經花費大量的時間來追尋這對姊弟的下落。」毫不在乎艾維斯發出的敵意，瑪麗亞嘆息道：「艾莉那孩子大概從沒告訴你們吧？她的時間之所以被停留在十五歲那天，雙胞胎的姊姊——伊妮卡，她的存在正是主因。」

□

那是一個由無數巧合所拼湊而成的意外。

艾莉的事情早在恩伯特博士的請求下被國王下令封口，因此知道內情的人並不多，只有數名與事件有所關聯的人而已。

這些知悉內情的人們，有時候都不禁會想，若當年緋劍家族並沒有因魔族的圈套導致高貴的血脈受到污染，那麼事情是否便會有不一樣的發展？

又或是，若被譽爲北方賢者的年輕魔法師，當年並沒有因一時的心血來潮撿回那名擁有一雙黑翅膀的女孩，並將她藏匿於王城的府第，那麼往後許許多多的事情

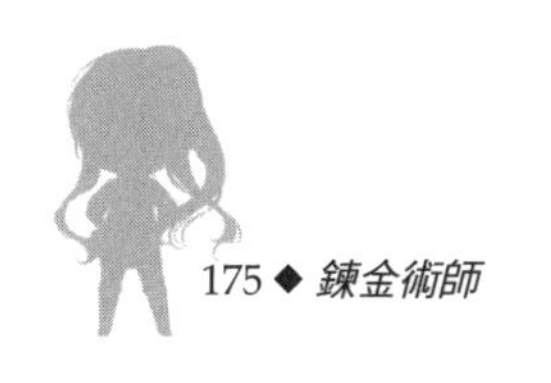

是否也就不會發生。

若艾莉與佛洛德從未相識，若人心不至如此貪婪陰險，若那一天少女沒有心血來潮地打開地下室的門……

一切都會變得不同了。

那是發生在艾莉成爲聖騎士以後的第二個冬天。

那一年，雖然佛洛德爲了隱瞞伊妮卡的存在而於宅第的四周設下無數結界，可即使佛洛德再厲害，也終究無法避免伊妮卡的存在被教廷發現。

北方賢者窩藏魔族，這絕不是什麼光彩的事情，因此此事並沒有被公開處理。當年最先獲得消息的人，是恩伯特博士以及他的首席大弟子阿爾，還有大祭司伊修卡。

爲了維護佛洛德的名聲，他們捏造一些理由藉故將青年騙往遠方，這期間三人決定私下解決那名魔族少女的事。

博士的大弟子阿爾是一名沉默寡言、只對實驗投注熱情的人。雖然身爲學長，可是不擅交際的他自小卻總是低著頭，跟隨在瑪麗亞身後，看起來反倒是晚他數年入門的少女才是學姊似地。

當破除最後一道由賢者設下的結界時，所有人的注意力都被長有黑翼、異色雙眸、滿臉驚惶的伊妮卡所吸引，因而沒有人察覺出低垂著頭的阿爾，那雙灰棕色的眸子裡一閃而過的精光。

眞正身分實爲眞神卡斯帕的少年祭司，光是一眼便已分辨出眼前的少女魔族體內流動著高貴的緋劍血脈。看到那獲得祂神力守護的勇者之血被染上污穢，即使是向來遊戲人間的神明也不禁感到悲傷與忿怒。

聽過伊妮卡身世的描述後，眾人都爲緋劍家族的悲劇，以及老夫人的狠毒驚訝不已，也明白眼前的少女只不過是光明與黑暗鬥爭下的犧牲品。

不過魔族終究是魔族，總不能讓她繼續留在王城中。

就在眾人進退兩難之際，除了談及實驗理論以外鮮少發言的阿爾，很罕見地主動提出建議，道：「既然伊妮卡小姐的弟弟能夠保持人類的型態，也許是由於受到眞神加持的勇者之血能夠緩衝魔性。」

「的確是有這種可能性。」恩伯特博士對弟子投以讚賞的目光，學識淵博的老人也正在思考著相同的事情。

「伊妮卡小姐，妳願意讓我們來試試嗎？若能順利利用妳體內的緋劍之血反過來抑制魔力的流動，也許便可以讓妳的外表與常人無異，也能像普通人一樣地生活了。」

「變回人類」是伊妮卡此生最大的心願，她絕對不會拒絕任何能實現願望的機會。輕易獲得伊妮卡的同意，恩伯特博士便把這項任務交託給大弟子阿爾。

少女雖然有著魔族的外貌，然而魔性不重，因而不具備攻擊性。在雙方獲得共識以後，他們也就回歸了往常的生活，沒有對這件事投以太大的關注。

偶爾問起阿爾事情的進展，青年也只是簡短地回以一句「進行中」來含糊過去；也因爲阿爾本就不多話，因此眾人也沒有放在心上。

對於爺爺的大弟子阿爾，艾莉並不厭惡，可是也談不上有多親近。

因此那天會湊巧路過對方的家，並機緣巧合下把關鍵性的東西送往阿爾家裡，因此引發出一連串事情的結果，少女將其稱之爲命運。

傳說初代勇者將神劍化爲五枚碎片，用以鎮壓闇之神的力量，而其中一片碎片正存放於王城的神殿中，由教廷小心翼翼地保管著。

自承接那有關黑翼少女的任務以後，本就很少步出家門的阿爾變得更少出門。知悉內情的人皆猜測是由於男子在實驗中遇上了瓶頸所致，畢竟要抑制魔族血液的魔性並不是能輕鬆達成的任務。爲免形成阿爾的壓力，因此卡斯帕與恩伯特博士也體貼地沒有追問他事情的進展。

直至那一天，阿爾主動晉見二人，並提出了一個令人爲難的請求。阿爾希望教廷能夠借出聖物的碎片。

據男子的解釋，他發現緋劍家族的血脈與碎片有著不可分割的親密聯繫。也就是說，只要讓伊妮卡接觸碎片的話，說不定就能激發她那一半身爲人類的血液，從而控制少女體內的魔性。

可惜這個提案卻被卡斯帕否決。

隨即，面對教廷的大祭司以及養育自己的恩師，阿爾竟然難得地失態了。一向

沉默內向的男子幾乎可說是盛怒地拂袖而去，這反常的態度令兩人生起一陣不安的情緒，於是便召來與他最親近的瑪麗亞問話。

然而一經詢問，才驚悉阿爾已經多日沒有與這名他除了師父之外唯一願意親近的學妹見面，甚至沒有出現在他最常停留的圖書館以及實驗室中，一直過著足不出戶的日子。對阿爾的反常擔憂無比的瑪麗亞本想在今天去阿爾的家裡走一趟，卻被兩人召見過去問話了。

愈聽愈是覺得不對勁，於是他們便決定前往阿爾的家裡看看。

ch.9
黑翼小姐

就在阿爾出門討要聖物碎片的同時，從教廷設置於王城的總部步出的艾莉，於前往宮殿的途中路過阿爾的家。

而當時少女懷中所收藏著的，除了她這幾年間從不離身的祕銀之外，還有一樣力量更爲強大的東西。

聖物的碎片。

阿爾想要向教廷外借，卻被卡斯帕所拒絕的東西。

其實正確說來，那只是從碎片裡分裂出來的小部分神力。若不是祕銀的反噬之力隨著艾莉與祕銀的同步益發增強，教廷也不會願意把碎片的力量外借，哪怕這只是五枚碎片中十分之一的神力。

本就不擅長應付阿爾這種內向沉悶的人，與對方的關係並不怎麼樣的艾莉當然沒有順道進去拜訪他的打算，只是路過時一絲微不可聞的聲響卻讓少女停下了前進的步伐。

雖然微細，但卻清楚傳進耳內的聲音，是猶如小動物垂死前所發出的悲鳴。

那是屬於女性的嗓音，虛弱的，痛苦的，充滿了絕望。

阿爾與瑪麗亞俱是恩伯特博士撿回來的孤兒，仍未結婚生子的他根本沒有親人，那麼屋子裡的女聲從何而來？

「金屋藏嬌」的想法才剛浮現，便被少女打消掉了。阿爾根本用不著「藏」，以他怪異的性情能討得老婆，身邊的人替他高興都來不及了，哪還會反對？

更遑論那一聲是充斥著痛苦的嗚咽聲。

最大的可能，就是有哪個不怕死的賊人趁著阿爾外出時闖空門，結果卻誤中對方設下的防盜機關而動彈不得。

阿爾的個性雖然內向又陰沉，但畢竟是恩伯特博士的大弟子，鍊金術界的權威，他家裡的防盜系統可不是蓋的！

如此猜想著的艾莉，忽然對那名闖空門的倒楣鬼產生無限好奇。反正自己手持防禦力極高的祕銀，閒來無事的少女便冒著成為第二名倒楣鬼的危險……闖空門去！

使出祕銀輕而易舉地破解了阿爾所設下的重重防衛機關，艾莉的疑惑隨著破解

的陷阱數量變得愈來愈深。

雖說身為鍊金術師，家裡不免總會收藏著一些珍貴的金屬與礦物，然而這兒的防衛結界也未免設置得太多了吧？

看這種陣勢，與其說是防止小偷竊匪闖入，倒不如說是想要藏起一些見不得人的東西更為恰當。

少女凝重地皺起眉，於一道設有重重禁制的暗門前停下。

從不知道阿爾家裡的地底竟然設置有隱蔽的地下室，這兒雖不在宮殿中，卻仍算是王族領地的範圍，並不允許私設祕道與暗室的。

這當中必定有鬼！

感到事情的不尋常，艾莉看著暗門裹足不前。在思量一番利害以後，少女本想先把事情向恩伯特博士報告再作打算，可是卻在艾莉想要轉身離開之際，地窖那道厚重鐵門的另一邊再度傳來微細的聲響。

結果到最後，艾莉還是無法對這充滿痛苦與絕望的飲泣聲聽而不聞。既然事情不尋常，說不定地窖中正關著什麼人在裡面受苦也說不定。

早一分救人，對方便少受一分苦，如此想著的艾莉最終停止了正要離開的步伐，把祕銀化為利刃輕易破壞眼前的暗門。

隨即艾莉便不再猶疑，閃身踏上前往地底的樓梯，往黑暗中前進。

地窖被設下了多重禁制，裡面的空間無法使用魔法。還好祕銀這種偏離正統魔法的存在似乎並不包含於禁制的約束之內，銀色的液體在少女動念下依舊能變幻自如，不受絲毫影響。

即使身上帶有祕銀，艾莉還是凝神警戒著，完全不敢掉以輕心。果然憑藉外面射進來的微弱光線往地下一看，少女便察覺出這條通往地下室、看似很堅固的石梯所隱藏的致命陷阱。

雖然沒有往鍊金術師這一行發展，但終究是看著恩伯特博士以及瑪麗亞的實驗長大，在耳濡目染之下，大部分的礦物少女都能喊得出名字。光是粗略一看，艾莉便辨認出這條石梯看似安全堅固，卻是由好幾種不同礦物所製。

即使這些礦物不論表層的色澤以及觸感看起來都很相似，可是其中的結構卻有著天壤之別。一些堅硬如鐵，一些卻鬆散如沙，要是一個落足點不對，把腳往脆弱

的礦物踩下去，那麼在這種無法使用魔法的狀況下，石梯的高度是足以致命的。

也就是說，即使能夠破壞外面的防衛機關到達地窖，但只要沒有任何礦物的知識，再厲害的盜賊也會栽在這兒。

雖說只要用祕銀包裹全身，即使直接往下跳也能安然無恙。然而也不知道下面還有什麼詭異的陷阱在等待著，因此艾莉便決定遵從遊戲規則，一步步地過關斬將好了。

牆壁中混有能折射細微光線的粉末，在這微弱的眩光下，艾莉小心翼翼地辨別著石梯的構成。只見少女敏捷地跳躍於看似無異、實際則是以不同礦石製成的石梯上，總算在好一段時間後安然地腳踏實地。

地下室的空間比想像中寬敞，而且通風良好，沒有那種因長期陽光照射不到而產生出來的潮濕感。艾莉的腳步聲在這廣闊的空間裡形成陣陣回音，「咯咯咯」地響起。

就在艾莉的腳步聲響起同時，傳來一陣充滿驚惶的清晰抽氣聲，隨即那微弱的飲泣聲便猛然靜止。

四周的環境過於陰暗，艾莉也沒心思多花時間到處找人。少女放柔了聲音，以自認爲最柔和的嗓音努力表達出她的善意，道：「我不是阿爾，只是聽到妳的哭泣聲而來的。妳的位置在哪兒？需要我的幫忙嗎？」

艾莉說罷便不再作聲。對方卻也是一言不發，隨即沉默便充斥於四周。少女並沒有催促，耐心十足地等待對方的回應。

良久，一聲帶著試探、聽起來很年輕的女聲從黑暗的另一頭徐徐傳來，道：「妳是阿爾先生的朋友？」

即使明知道對方看不見，但艾莉仍是習慣性地聳了聳肩，道：「算是不太熟的朋友吧！」

又是一陣沉默，就在艾莉認爲對方不會再搭理她時，女子的嗓音再度響起，道：「那請問……妳對於這裡的事情……」

「我完全不知情！」艾莉二話不說便與阿爾劃清界線，道：「在宮殿的土地建設地下室已經是重罪了，何況裡面還囚禁著人。妳別害怕，雖然阿爾是我爺爺的弟子，可是我不會偏私的。」

少女一番正氣凜然的話似乎獲得了對方的信任，這一次女子的聲音很快便傳了過來：「謝謝妳特意前來，可是囚禁我的房間四周設有不少機關與禁制，妳千萬不要過來！」

機關與禁制，對於別人來說也許是很危險的陷阱，可是對於身懷祕銀的艾莉來說，這反而是最威脅不到她的東西。像是自家隊長那種讓人完全來不及做出反應的神速劍法，又或是魔法師那種令人防不勝防、無聲無息的黑魔法，在艾莉的眼中才是最具威脅性的。

因此面對對方的警告，少女只是不以爲然地說：「沒關係，這種東西我進來的時候遇得多了，也不覺有多厲害。」

「呃……請妳把我的事情通知恩伯特博士，或是那名叫伊修卡的少年便可以了，請千萬不要冒險。」

聽到對方竟認識爺爺以及伊修卡祭司，艾莉救人的心就更是堅定。邊說著安慰對方的話，她邊沿著女聲來源的位置前進，一路上果然機關重重，艾莉擋也擋得煩了，便乾脆用祕銀包裹全身，無視四面八方而來的爆炸以及腐蝕性液體，輕輕鬆鬆地前進。

然而拐了幾個轉角，面前的卻是死胡同。

可是艾莉很肯定聲音是從這邊傳來的，仔細敲了敲牆壁，實心的手感卻又不像裡面還有空間……

都走到這兒了，不想要無功而返的艾莉有一句沒一句地與女子說著話，想要再仔細確認對方所在的方向。

不過身處道路盡頭的她，四周的位置過於狹窄，加上三面都是牆壁的環境，令傳出來的聲音變得悶悶地迴盪著，令人聽不清楚來源。

啊啊！明明這兒就只有三面牆壁，到底人是藏在哪兒呢？

忽然艾莉靈光一閃。

誰說這兒只有三面牆壁的？

抓了抓頭髮，艾莉覺得自己真笨，竟然現在才想到。

根本從一開始，阿爾便是把人藏在家裡的地窖。地窖這種地方，根本就是一個能往下無限開闢的空間。

有誰說地下室只能有一層的？

蹲下來敲了敲同樣覆上岩石與光砂的地面，果然一陣空洞的回音從地板的另一邊傳來，證實了艾莉的猜測。

把人囚禁在下一層，這一層只是幌子而已嗎？

如此想著的艾莉，在經歷多重考驗後也覺得累了，再也沒有心情去尋找通往下一層的開關。少女二話不說便把祕銀化成巨大的鐵鎚，往地面狠狠打下去！

果然作爲暗門的地板雖然看似堅硬，然而終究是空心的活動門，不出幾下便被艾莉用蠻力打碎了。混有光砂的礦物在破碎的瞬間反射出閃爍的光芒，看起來倒滿漂亮的。

待飛濺的碎片盡數散落之後，艾莉從敲破的洞穴往下望，隨即便迎上一雙充滿驚愕的異色雙瞳。

如艾莉所預料般，被囚禁於地牢的女子，她的狀況只能以淒慘來形容。

手腳都被鐵鏈銬住，背上一雙傷痕累累的黑翼插滿封魔之釘——一種可以封印

魔族能力的釘子。只要女子稍有動作，異色的眼眸便浮現出牽動傷口所帶來的疼痛神色，當時那引起艾莉注意的悲鳴聲也是由此而起。

「妳……是魔族？」想也沒多想，艾莉便把話脫口而出。

瞬間對方眼裡的痛苦更是激烈——卻不再是由於傷口的傷痛，她道：「我的名字是伊妮卡，是人類。」

把視線移往釘住黑翼、並且深深陷於牆壁上的封魔釘，艾莉一言不發地思索一會兒後忽然上前，並用力拔起那些釘在女子身上的利器來，道：「我是艾莉。」

驚訝於少女乾脆的舉動，伊妮卡強忍釘子從傷口拉扯出的痛楚，怯懦地眨了眨眼，道：「妳相信我說的話？」

即使她的外表是這個樣子，也相信她是人類嗎？

「我很懂得分辨說謊的人，而且我也不怕妳騙我。」對自己的武術有著相當自信的年輕女騎士輕笑道：「何況身為聖騎士，我沒有少接觸過妖魔。妳的眼神與他們不同，充滿了感情，單憑這一點我已不允許別人把妳當作沒生命的實驗體。」

看到這房間的儀器以及格局，還有黑翼少女身上的傷痕，艾莉完全想像得到阿

爾把人囚禁在這兒，是爲了滿足那扭曲的研究慾。

自小恩伯特博士便告訴她，身爲鍊金術師，對萬物的好奇心是必須的。然而凡事都有底線，任何實驗都應建設在道德與自然法則上，有一些禁忌是無論如何也不能觸碰的。

例如人體實驗。

說話的同時，艾莉已把最後一顆釘子拔出。而伊妮卡在一聲呼痛後，卻是以掩不住的驚訝神情低呼道：「名爲艾莉的女騎士！妳是佛洛德的……」

伊妮卡的話還沒說完，取而代之的卻是張開羽翼把身旁的少女護住。伴隨強烈的衝擊，瞬間響起了「砰」地一聲巨響。

艾莉從翅膀的空隙中看到了飛散的燒瓶碎片，還好在拔出封魔釘的瞬間，伊妮卡已恢復了一身魔法，黑翼把兩人護個周全，這才免於被飛濺的玻璃碎片以及溶液擊中的命運。

回復魔力的伊妮卡，身上的傷口正快速痊癒著。收起一雙黑羽的她冷冷緊盯眼前的男子，以防對方再度做出任何偷襲的舉動。

阿爾沉默不語地看著兩人，一如以往安靜的他並沒有表露出太多情緒。但那雙看似淡然的眼眸，卻以幾乎可說是狂熱的眼神注視著脫困的伊妮卡，文靜的臉上透露出一絲猙獰的神色。

「讓開，艾莉。博士把這實驗體全權交給我負責，她是我的！」

「我是人，並不是實驗體！博士所允諾的是讓我回復人類之身，並不是爲了滿足你長生不死的妄想。」咬著唇，伊妮卡道出了男子的目的，聽得艾莉頓時一愣，道：「長生不死？」

她沒聽錯吧？

「這並不是妄想。」沒有否認自己的企圖，直認不諱的男子說得非常理所當然：「即使化身成魔族卻仍擁有人類的人格與情感，同時又存有魔族特有的力量與長壽。伊妮卡，妳可是我至今的得意力作，進化以後的完美人類啊！」

阿爾的話語頓時讓女子失去了理性，怒不可遏地便往男子的方向衝過去，道：「果然是你！你就是當年欺騙母親喝下魔族血液的醫生！」

面對盛怒的魔族，看似沒自保能力的研究人員卻只是老神在在地站著，全然不見絲毫驚惶。

卻見女子忽然單膝跪下，狀似痛苦地按住了心臟的位置。

「還眞是學不乖。妳忘了體內流動的血液有一半是我給的嗎？還有妳，艾莉，若妳敢亂動，我便讓她的血液貫穿心臟。反正這段日子我已經收集到所需的數據，往後也不一定需要用到這名實驗體。」

知道對方所言非虛，艾莉投鼠忌器不敢亂動。阿爾在地上撿起一枚玻璃碎片，全然不顧及昔日的情義反手便往艾莉的頸動脈割去！

「你叫我不許動，可沒說我不可以防衛啊！」懷著取巧的心思，艾莉便在全身不動的狀況下，使用祕銀覆蓋著全身。

隨即，脖子上便傳來一陣劇痛，溫熱的鮮血噴濺出一片血紅。

「妳果然沒有避開。」模糊地看不清楚眼前男人的表情，只是從那微微上揚的語調猜測得出，此刻阿爾的表情必定是志得意滿地欠揍得很，道：「過於依賴祕銀是妳的致命傷，艾莉。這段日子裡，我有很充裕的時間與機會在妳的祕銀裡做手腳。雖然魔法並不是我的專長，但至少讓它瞬間失效我還是辦得到的。」

感到生命正隨著傷口湧出的鮮血而快速流逝，身體因失溫而感到冰冷。在伊妮卡焦慮的呼喚聲中，艾莉緩緩閉上雙目，陷進了沉寂的黑暗中。

「艾莉小姐！」伊妮卡慌亂地想要跑去察看少女的傷勢，然而來自於心臟的強烈痛楚令她無法做出任何動作。

「你為什麼要這樣做？她不是你的朋友嗎？你怎能向師父的孫女出手!?」

以冷漠的眼神注視眼前激動的魔族女子，阿爾淡淡地反問：「她妨礙到我的實驗了，為什麼不可以？」

知道再與眼前的人多說也沒用，伊妮卡絕望地想起了戀人的臉。

想起了佛洛德說及那名身為聖騎士的少女時，那充滿驕傲與喜悅的笑容。

「即使沒有血緣關係，可是對身為孤兒的我來說，艾莉是我重要的妹妹。總有一天，我會介紹她給妳認識的。」記憶中，那時候男子的神情眞的讓人感到好溫暖：「雖然艾莉的嘴巴很毒，但卻是名善良的好女孩，一定會與妳很合得來。」

那是佛洛德的妹妹啊……一名善良得想要幫助魔族外貌的自己、戀人約定過會介紹給她認識的人。神怎能允許這種事情發生？怎能允許少女就這樣死在如此卑鄙醜陋的人手上!?

要付出任何代價都可以，只要能夠拯救眼前那將要消逝的年輕生命，以及能擊退那卑鄙的敵人……

在女子強烈的祈求下，刺眼的光芒從艾莉的口袋裡徐徐浮現。

彷彿與伊妮卡的想法產生共鳴似地，伴隨玻璃碎裂的聲音，一顆七色光球劃過上空，以極速射進了女子的體內，心臟存在的位置。

頓時，那由魔族之血所造成的劇痛立即消失無蹤。

用魔力劃出兩道黑色風刃把阿爾逼退，此刻伊妮卡並沒有餘裕對付眼前的敵人，艾莉的安危是最優先的。

被玻璃割中脖子，大動脈破裂，少女的臉已經變成了灰白。這傷勢嚴重得即使是伊修卡祭司親自治療也不見得能止血，更何況是只懂侵蝕與破壞的魔族力量，根本就不適用於治療傷口上。

那麼，要救人就只剩下唯一的方法了。

猶疑不是沒有，可是她終究還是無法什麼都不做，眼睜睜地看著艾莉在眼前死

去。即使將來會被少女怨恨，但她還是想替佛洛德留住這名他最疼愛的妹妹，這個世上唯一的親人。

想到這裡，伊妮卡不再猶豫，撿起地上的燒瓶碎片便往手腕一割。大量紫紅的鮮血從傷口湧出，在傷口復元的同時又再度割下新的傷口。

艷麗的紫紅，那是魔族血液特有的顏色。

女子小心翼翼地，將流出的鮮血滴落於艾莉脖子的傷口上。

現在她只能賭了。

賭魔族的自癒能力。

無論是行爲還是存在本身，魔族都是很具侵略性的種族，他們的血液也不例外。紫紅的鮮血彷彿受到人類的血腥味吸引，霸道地直接從傷口入侵少女的體內，並以令人驚歎的速度讓宿主的身體進行修復。

直至艾莉頸上的傷口完全消失無蹤，伊妮卡這才停止了自殘的舉動，並且爲眼前的人類少女外表沒有轉變成魔族而吁了口氣，露出欣喜的神情。

一直沉默地把一切看進眼中，阿爾的雙眼射出熾熱的光芒，道：「太了不起

了。我收回先前的話，妳果然是珍貴的實驗品。」

無視伊妮卡充滿恨意的眼神，男子淡淡地續道：「勇者的血脈果然能夠作為緩衝之用。直接承受魔族的力量也許太勉強，可是作爲力量傳輸的『中繼站』，效果卻很出色。先前我還苦惱如何從教廷的手上獲取聖物碎片，想不到卻在艾莉手上，這也是天意吧？」

手下意識地按上心臟位置，一股難以言喻的溫暖感令伊妮卡有種想要哭泣的衝動。碎片與她的血脈共鳴著，就像是與生俱來的力量般完美地融合在一起。

「那麼，請跟我走吧！」阿爾向女子伸出手，一番話說得理所當然：「既然明白妳的珍貴，我再也不會如此粗暴對待了。往後我會很珍惜妳，很小心不會在實驗時把妳弄壞的。」

咬著唇，伊妮卡還未開口答話，一柄銀色長劍卻已從旁伸出，橫擋於兩人之間。剛醒過來便聽到男子輕蔑狂妄的話語，怒不可遏的艾莉厲聲喝止，道：「閉嘴！阿爾。」

「艾莉小姐！」擔憂地呼喚著少女的名字，伊妮卡很清楚魔族之血有多霸道。

艾莉的傷口雖然已經痊癒，看起來就像是沒事人一般，可是少女此刻的身體狀況絕對不適合戰鬥，這點擁有黑翼的女子很清楚。

入侵進體內的新力量正在強蠻地橫衝直撞，血液的流動皆伴隨著炙熱的痛楚，艾莉幾乎是用盡全身的氣力才能壓抑住雙手的顫抖。也幾乎用盡所有心神，才能讓祕銀得以維持於長劍的形態。

即使如此，少女還是認爲虛張聲勢是必要的。

因爲眼前這個男人非常危險！

這個人根本就沒有絲毫道德觀，外表看似安靜淡然，然而沒有人能預測他下一步會做出什麼行動。

平常時候，他永遠是怯懦又不起眼得恰到好處，安安靜靜的。因此絕不會有人防備他，也不會把壞事聯想到這個幾乎可說是生活得與世隔絕、不好名利的人身上。

甚至在平常的時候，也很難會主動想起有這號人物存在。

這種人眞的很可怕。

「妳的劍指錯對象了，艾莉。」被祕銀幻化而成的銀劍正氣凜然地指著，阿爾卻連眉頭也不抬，只是輕聲說道：「妳應該將劍指向身旁的女人才對。那盜取了聖物碎片的魔族。對於身為聖騎士的妳來說，殺掉她難道不是最優先的事嗎？」

艾莉猛然瞪大雙眼，慌忙將懷裡裝有碎片力量的玻璃瓶取出。果見小瓶子已經變得空空如也，其中所封印著的力量已經消失無蹤。

愕然把視線轉至身邊的伊妮卡，艾莉眼神複雜，讓人看不出她在想什麼。

「不是的！事情並不是妳所想那樣。我並不是故意要這麼做……」感受到少女眼中的質疑，伊妮卡想要澄清這一切只是意外，她絕對沒有任何垂涎聖物力量的意思。

然而時間卻不允許。

強烈震動與爆破聲打斷了女子想要說出的申辯，就在三人還未因突如其來的巨響而回過神來，地牢的天花板已經被人毫不留情地轟掉了。

從洞口灑入的陽光，對於雙眼早已適應了地牢環境的他們來說過於刺眼，三人下意識瞇起的視線中，只能勉強看到上方出現一個模糊的身影。

「伊妮卡！」

已經不需要依靠視線來辨認了，單單只是呼喚她名字的聲音，伊妮卡已經知道於上方進行大肆破壞的人到底是誰。

這個世上，她最重要的人。

再也沒有任何顧忌，伊妮卡張開一雙漆黑的羽翼，便要飛往上方的戀人身邊。

就在下一瞬間，帶有稚氣的少年嗓音隨即響起，道：「艾莉，阻止她！」

想也沒想，在接收到伊修卡祭司命令的瞬間，長久以來聖騎士訓練下的身體便下意識地動了起來。

當艾莉了解到自己做了什麼的時候，手中的長劍已經毫不留情地刺穿了魔族女子的黑翼，並將人釘在牆壁上。

眼睛逐漸適應了刺眼的陽光，艾莉抬起頭環視四周，看到不止地牢天花板，就連阿爾家也被人用大型魔法整個轟掉，四周滿是魔法殘留下來的熱力及熾熱火光。

使出法術的魔法師顯然並沒有令火焰熄滅的打算，將整座王城燃燒成一片火海。

站在上方的佛洛德雖然沒有了往常總是掛在嘴角的溫暖笑容，但看起來仍舊一臉冷靜。然而以艾莉對青年的了解，單憑一個眼神便知道對方此刻氣炸了，幾乎要失去理智了。

佛洛德的身後站著伊修卡祭司以及瑪麗亞，再遠點還看得到大量不停走動的人影，但俱被魔法的火焰阻擋在外。在熾熱的火光中，四周喧嚷著的人群無法前進哪怕一步。

以至於當天所發生的事情，至今仍舊不爲人們所知，成了一個隱瞞了大部分眞相的歷史。

ch.10
賢者的叛離

看到佛洛德的表情，艾莉立即把警戒提升至最高點。

天啊！好可怕！

然而伊修卡卻好像還認爲她嚇得不夠似地，向少女下令道：「別放走這女子，她的體內存有聖物碎片的力量。」

皺起眉，臉上依舊風平浪靜，可是內心顯然正因祭司的一番話燃燒起熊熊烈火的北方賢者，以少有的冰冷語調向艾莉說道：「艾莉，放開伊妮卡讓她過來。」

被夾在中間的艾莉完全感受到左右爲難的痛苦，抓人也不是，放人也不是，最終，少女只好做出折衷的方法——就是挾持著人質走到上面去——算是同時滿足了「抓住她」以及「讓她過來」兩個願望吧……

結果卻同時換來雙方的白眼。

嘖！眞麻煩。

「你們要窩裡反我不阻止，可是在狗咬狗之前，是不是應該先把留在地牢的那個混蛋抓住？還有……」深深吸了口氣，艾莉發洩般地怒吼道：「你們好歹也關心一下我吧！我可是剛剛才死過一回再復活的重傷患耶！」

「重傷患會如此活蹦亂跳的嗎？」質疑的聲音來自於偉大的祭司大人。

這次因輕敵而被阿爾偷襲得手，艾莉本就視之爲奇恥大辱，現在一說起來便滿肚子火，竟還要被別人質疑內容的眞實性。要不是顧忌伊修卡於教廷的地位，少女早就破口大罵了。

即使如此，艾莉說話的語氣還是忍不住尖銳起來，道：「誰那麼無聊？騙你又沒有什麼好處。我可是被阿爾那個混蛋割斷了頸動脈的重傷患啊！雖然不知道爲什麼會復元便是了。」

少女的話才剛說完，三人的臉色頓時變得很恐怖。

「艾莉，別再說了！這事情我們晚點再討論。」緊張地把少女的話打斷，瑪麗亞那雙素來閃動著知性光芒的眼眸，難得露出不知所措的神色。

佛洛德皺起了眉，火光忽然燃燒得更加猛烈，把在火焰附近努力嘗試闖入的人群逼得退至遠方。

至於伊修卡則是不動聲色地施了個小魔法，把空間裡的聲音與外界隔絕開來。

艾莉疑惑地看了看眾人凝重的臉，隨即順著眾人的焦點把視線轉移至伊妮卡

身上。少女這才發現把頭低垂下來的伊妮卡一臉歉疚，陣陣不安的感覺頓時湧上心頭，道：「妳對我做了什麼？」

想想也對，她當時的傷勢根本是必死無疑，頸動脈被割斷，那種出血量不可能在短時間內止住，甚至還復元得連疤也沒有。

這種復元能力，根本就不該是人類所有。

就像魔族一樣。

這個念頭一浮現，少女便立即被自己的想法嚇到。

不會吧!?

決定先把這件事放在一旁，反正現在的狀況根本也問不出什麼。艾莉緊抓住手中的人質，看著佛洛德用魔法把藏在地底的阿爾拽出來。

面對賢者的怒氣，阿爾卻不見一絲驚慌。那副對身邊事物不爲所動的神情非常自然，怎麼看也只是普通得不能再普通、從小便安靜跟在瑪麗亞身後的人而已。

「爲什麼？」瑪麗亞心疼地看著眼前一起長大的青梅竹馬，看到地牢的擺設以及伊妮卡的存在，聰敏的女子也猜出了事情的大概。

隨即，一切都在瞬間發生。

阿爾猛然握破懷中一個小小的玻璃瓶子，裡面散發出的墨色煙霧竟把纏繞在男子四周、束縛著他行動的魔法文字吞噬掉。

緊握手中的碎片，阿爾像是喪失了理智地往瑪麗亞的身上刺去。

變故發生得太快，就連艾莉一時間也無法做出反應，更何況是身旁根本不是武者的佛洛德與瑪麗亞？誰也沒想到男子身上竟藏有能吞噬魔法咒文的魔法卷軸，只能眼睜睜地看著先前發生於艾莉身上的慘劇將再度重演。

隨即，男子的動作猛然停頓下來，一向淡然的雙眼滿布驚愕，以驚訝的表情低頭緊盯著整個沒入胸口的刀柄。

「妳……」

只說出了一個字，阿爾便失去了所有力氣地軟倒在地，失去生命的臉上永遠停留在驚愕的表情。

顫抖著的染血雙手緩緩鬆開，瑪麗亞的手裡跌出了一柄泛著冷光、只有手掌大小的銀刀。這精美的小東西與其說是武器倒不如說是一件藝術品，只有刀尖的位置勉強算得上銳利。

這是阿爾上星期才剛送給瑪麗亞的生日禮物。

一把於古董店購買的精美防身小刀。

「瑪麗亞！」艾莉擔憂地看著雙手止不住顫抖的女子，卻礙於手上挾持有人質而不便上前。在旁的佛洛德默然探了探阿爾的脈搏，最終搖了搖頭。

頓時女子崩潰似地掩面而泣，道：「我殺了他！我竟然殺了阿爾！」

老實說，阿爾那傢伙的死活，對艾莉來說根本完全是無關痛癢的事。甚至在經歷了地牢一役後，少女對男子的厭惡度可謂直線上升，此刻她更想做的是來聲拍掌歡呼。

雖然親眼看著認識的人死在眼前，說不難受是騙人的，然而瑪麗亞與阿爾兩人的性命若讓她選擇，艾莉絕對會毫不猶豫地選擇前者。

「在這種狀況下，瑪麗亞妳的做法並沒有錯，相信恩伯特博士知道以後也不會怪妳的。」伊修卡很冷靜地評論眼前發生的事，隨即把女子扶起，並轉向放出火焰的北方賢者，「瑪麗亞此刻的精神狀況並不穩定，讓我先把她帶出去，你不會反對吧？」

佛洛德所放出的火焰並不是尋常的烈火，而是能阻擋吞噬其他魔法的特殊火焰。因此只要男子的火焰仍在，即使伊修卡使出空間魔法或是飄浮魔法，也無法離開這個火焰的中心點。

聽到少年的話，也不見佛洛德有什麼動作，一旁的火焰顏色卻改變了，這是北方賢者做出退讓的意思。

「艾莉，碎片便交給妳處理。那東西已與妳手中挾持的魔族心臟同化。若要把這份應該只屬於勇者的力量取回……方法我就不多說，怎樣做就看妳了。」說罷，少年祭司的法杖放出一股柔和的聖光，攜同瑪麗亞一起消失於烈焰之中。

感激地凝望著祭司消失的方向，艾莉知道伊修卡是特意以瑪麗亞作藉口離開，好給她一個選擇的退路。

既然頂頭上司不在，那麼手裡人的放與留，就只在她的一念之間。

她知道，自己必須做出選擇。

先不論聖物碎片的重要性，艾莉很清楚自己的身體正因伊妮卡而產生了變化。

既然狀況是來自於手裡的人質，那麼，比起讓對方獲得自由，把人扣下並交由教廷處置對她自己也有好處。

也許可以從中找到讓身體恢復原狀的方法。

可是、可是……

少女的視線轉向伊妮卡背上的黑翼。

不期然想起佛洛德曾想要送贈的黑色羽毛，以及當時青年所說過的話語。

「……是很特別的品種，所以我帶了回家想養養看。這支羽毛妳喜歡的話便送給妳好了。」

原來早在很久以前的那個時候，這名魔族的黑翼小姐便已待在佛洛德身邊。

於一片火光焰影中，她凝望著佛洛德的臉。那是她十分熟悉的人，紫羅蘭色的雙眼，還有率性冰冷的黑髮。

那應該是多年來她朝夕相伴的臉孔。

可是她卻茫然。

如果這是佛洛德，那她記憶中那個對她總是笑得無奈卻溫柔的人是誰？那個眼

裡總是包容並且盈滿暖意的人又是誰？那個身爲賢者，卻善良慈悲得甚至有些軟弱溫吞的人究竟是誰？

此刻，那個人正以冷冽的眼神凝望著自己，沒有那溫暖的笑容，她從沒想過青年竟能散發出如此強烈的肅殺之氣。「放開她！艾莉。妳是我最好的朋友，我不希望傷害妳。」

「我是你最好的朋友，那她呢？」

「我不知道。」佛洛德那垂下的髮絲令少女無法看清他的表情，卻不知爲何，她有種青年正在忍耐著強烈痛苦，並幾乎快要哭出來的感覺。「因爲太重要了，所以我不知道。」

「重要得要爲她而放棄所有嗎？」

「我心甘情願。」

深深地吸了口氣，艾莉以凜然的氣勢說道：「我不是傻子，這次我之所以能保住性命，我知道必定是伊妮卡小姐的緣故。雖然導致的結果也許並不完美，然而活著便有希望，無論如何我還是非常感激的。」

伊妮卡聞言訝異地睜大一雙異色的魔瞳，對於有可能把她變成半魔族的自己，眼前的少女竟然對她說感激！

隨即，艾莉拔出了刺穿黑翼的祕銀，輕聲說道：「然而，我是教廷的聖騎士，侍奉眞神卡斯帕是我的榮耀。既然是我閣下的禍，那麼失落的碎片無論在什麼人的手上、無論在什麼地方，我也會把它追回並奉還教廷中。」

「只有一次，只有這一次我放妳自由，那是回報妳所給予的救命之恩。然而下次見面的時候，伊妮卡、佛洛德，我們……便是敵人了。」

□

「所以說，艾莉一直保持十五歲的外貌，是因爲體內魔族之血的緣故？」

看到瑪麗亞點點頭，凱文不禁把視線轉至一旁的奈伊身上。

話說在這兒就有一隻不知道多少歲的老妖怪……呃……是魔族才對……

「奈伊，你有什麼辦法嗎？」夏思思則是老實不客氣地詢問起來，反正面對勇者，奈伊絕對是有問必答乖得很，也不怕他會隱瞞不說。

搖了搖頭，奈伊很乾脆地說道：「魔族的血能與人類融合，這種事情我還是首次聽說，因此也不知道解決的辦法。」

聽到就連身爲魔族的奈伊也這麼說，瑪麗亞不禁露出失望的神情。

「也就是說，瑪麗亞小姐是受命於國王，在這兒研究讓艾莉恢復的方法？」得知當年謀害緋劍家族的另有其人，眼前的女子反是替好友葛列格報仇的大恩人，收起了敵意與殺氣的艾維斯，態度頓時變得友善多了。

然而艾維斯一番話聽起來雖只像是隨口之言，夏思思卻是敏銳地察覺出對方話裡的動機。若有所思地看了青年一眼，察覺出視線的艾維斯微微地向少女頷首，頓時夏思思皺起眉，稍微思量了一會兒，便轉向瑪麗亞道：「我以勇者的身分，請求知悉妖魔之地存在的眞正目的！」

訝異地來回看向眼前的年輕男女，良久，瑪麗亞這才苦笑道：「兩位好敏銳的心思。」

面對同伴們不解的視線，夏思思解釋道：「艾莉的身分確實很特別，既是學術

界權威恩伯特博士的孫女，又是唯一的祕銀使用者。然而她終究只是一名聖騎士，並不至於讓布萊恩陛下大費周章地劃出一片土地，就只爲了研究讓她身體回復的方法。」

深深地看了夏思思一眼，瑪麗亞本來並不把眼前的勇者放在心上，心想對方只是一名纖弱的年輕少女，甚至還不是武者，一路過來必定是依靠埃德加他們的保護這才能安然無恙。

不過此刻夏思思的表現卻推翻了女子先前的想法，雖然還不至於認同對方的實力，但已足已讓瑪麗亞對眼前的年輕勇者產生出敬意。

「我明白了。雖然這事情曾被陛下下了封口令，可是我想勇者大人也已經猜想出答案了吧？」嘆了口氣，女學者迎上了少女清澈的眼眸，只見夏思思聞言微微一笑，道：「當然。」

一旁顯然早有結論的艾維斯，也淡淡地說道：「我想原因是在故事中那名魔族少女身上，對吧？」

猶疑了片刻，瑪麗亞選擇回答兩人的提問：「是的！我們正在研究對付人類與

魔族混血兒的方法。」

須知擁有人形的高階魔族一直都是人類的夢魘，他們擁有高度智商與特殊能力，抗魔性及回復力又高，尋常的劍士與魔法師面對他們時只有被屠宰的份。

雖然勇者一行曾遇過的純種魔族——雙胞胎魔族里克與克奈兒終以慘敗收場，但那只是因爲奈伊本就是與他們旗鼓相當的純種魔族，夏思思與諾頓又有元素精靈守護，因此一行人這才感受不到人形魔族的可怕。

伊妮卡雖然因爲血統的不純而不具強大攻擊力，然而光是那卓越的抗魔性與回復能力已讓人難以對付，何況也不知道女子體內的聖物碎片會對她的能力帶來什麼影響。

最重要的一點是，黑翼小姐的身旁還有佛洛德這名棘手的敵人在。

敵人太強大了，因此王室只好努力研究，劃分出一片土地以圖找出不動用武力也能把碎片取回的方法。

很可惜的是，就連北方賢者也無法把伊妮卡體內的力量分割出來，那麼更遑論是瑪麗亞這些研究人員。

至今唯一能取回碎片的方法，還是只有把伊妮卡殺掉，擊碎女子那顆與碎片合而爲一的心臟一途。

夏思思不禁回憶起魔族女子那雙盈滿哀傷的異色雙眸，那時候的伊妮卡，以沉重的語調激動地申辯道：「不！我們的離開並不是因爲要把力量奉獻給闇之神。之所以離開王都，那是因爲……」

現在，少女終於知道對方想說的是什麼了。

之所以離開王都，那是因爲王族與教廷千方百計想要殺掉伊妮卡，以取回失去的碎片。

這對戀人之所以背離，只是因爲想要一起活下去而已……

夏思思安慰道：「我想瑪麗亞小姐也別太擔憂了，現在苦惱也想不出什麼方法。何況聖物碎片的事情也與我們一行人息息相關，我們會多加留意的。」

「那就請你們多留心了。」瑪麗亞感激地說道。

□

既然弄清楚居住於妖魔之地的並不是艾維斯要找的人，夏思思也就不再停留，下令眾人整裝繼續往王城出發。

「我還以為思思知道了賢者叛變的眞相後，便不會再前往宮殿呢！」凱文有點意外地說道。

男子並沒有忘記當初夏思思之所以決定要先回王都，主要的目的正是為了調查有關北方賢者的事情。因此從瑪麗亞口中得知眞相後，眾人都以為夏思思會打消回王城的念頭。

畢竟少女最討厭麻煩，城堡則代表了一大堆規矩以及繁文縟節，還有接受義務勞動的可能性。

何況城堡還有伊修卡祭司這號人物存在，夏思思一向對這個老師避之則吉的。

果然一說及王城，夏思思便滿臉不情願，道：「沒辦法，誰教我們早就約了艾莉與諾頓在王城集合呢！何況我也有點事情想要詢問伊修卡。」

就連聰慧的艾維斯這次也顯然猜不透少女的心思，道：「不是已經知道北方賢者叛變的原因了嗎？」

夏思思搖了搖頭：「不，我想要詢問他的是別的事情。」

聽到眾人要離去了，忙於實驗的瑪麗亞也就欣然送客，好再度投進實驗的懷抱。瑪麗亞對實驗的熱衷絕不比她的學長阿爾來得低，兩人之間的差距大概只有那條代表道德的底線而已。

「這段日子，我在森林除了觀察這些合成獸的生態便無所事事，閒暇間製作了不少東西，你們看看哪些有興趣的便拿去好了。」面對既擁有勇者這個尊貴身分、同時又是艾莉朋友的夏思思，愛屋及烏的瑪麗亞很大方地示意眾人可以任意挑選所有小屋裡的鍊成品。

聞言，即使是埃德加也忍不住露出興奮神色，其中也只有不識貨的奈伊仍能保持平常心而已。

很快眾人便選了一大堆實用的鍊金術成品，夏思思更心滿意足地獲得了數枚期盼已久的空間戒指。

這種昂貴又珍貴無比的小東西是長途旅行的必需品。雖然每名聖騎士長都獲發

配一只，眾人自旅程開始至今都全把行裝雜物塞至埃德加的戒指中，可是這終究不是太方便，有時候身爲女孩子，夏思思也想要點隱私的嘛！

何況這次是他們運氣好，佛洛德隨手一揮把他們傳送到同一地方，萬一下次有狀況時被分散開來，那她不就什麼行裝都沒了嗎？還是自己擁有一只空間戒指才是最實際、最令她安心。

機會難得，除了武器之外，防身器具、藥物與日用品，眾人也老實不客氣地取了一大堆。看到堆滿鍊成品的小屋瞬間變得寬敞，瑪麗亞也很大方地沒有阻止，只是站在角落對著狀似狼虎般搜括寶物的眾人搖頭苦笑，神情活像一個容忍著孩子胡鬧的母親一樣。

告別了瑪麗亞，眾人繼續踏上返回王城的旅途。

離開的路程中，一路上仍被躲藏於暗處的變異生物監視著。雖然明知這些被瑪麗亞以鍊金術融合出來的生物並沒有攻擊性，然而那一雙雙散發出詭異瞳光的眼眸卻還是令人不由自主地緊張起來，下意識地加快了策騎的速度。

「眞不知道瑪麗亞小姐是怎麼在這種環境中生活的。」處於被監視的壓力下，

凱文喃喃自語地說出了佩服的話語。

無論走到哪兒，陰影下總有無數詭異的視線看著自己，這種恐怖的氣氛足以令普通人感到毛骨悚然了。再加上在教廷與王室有意的渲染下，難怪這座森林會獲得「妖魔之地」這種恐怖的名號。

夏思思一行人對於四周的狀況雖說還能冷靜面對，然而身下那些從城鎮買來的馬匹卻已經被嚇得驚惶失措，讓眾人花了絕大力氣安撫才能勉強前進。

這個時候，夏思思便加倍想念她的小黑馬。雖然比不上安德莉亞之駒，可是王室的馬匹全都經過嚴格訓練，即便面對真正的妖獸也能處變不驚，哪是身下這些買來充數的普通馬匹可比？

那個該死的佛洛德！既然要把他們轟走，那好歹也把他們安放在死亡沼澤外的馬匹也一併傳送嘛！

可恨啊……

看到夏思思哀怨地打量著身下的坐騎，猜出少女想法的埃德加淡淡地安慰道：

「請放心，馬群中有我與凱文的坐騎在。聖騎士的馬匹全都受過特別訓練，當與主人失散時會回到教廷的總部，牠們必定會把妳的黑馬安全帶回王城的。」

夏思思勉強點了點頭，因擔憂而皺起的眉頭這才鬆開了些。

她知道對騎士來說，坐騎是最親密的戰友，是猶如手足般的重要存在。現在埃德加的心裡必定也很焦急，然而青年卻反過來安慰她，這令夏思思感到心頭一暖，不由得暗暗感激。

「可是這樣下去也不是辦法。」艾維斯拍了拍身下仍舊騷動不已的坐騎，苦笑道：「距離王城的路途遙遠，以思思的勇者身分，往後也不知道還會遇上什麼麻煩與危險，這些馬匹並不足以應付突發狀況，那會在作戰時成爲我們的致命弱點。」

想了想，也覺得艾維斯的顧慮不無道理，夏思思詢問身旁兩名聖騎士，道：「有沒有辦法先向教廷分部借一些馬匹？」

搖了搖頭，凱文苦笑道：「聖騎士的數量稀少，而且全都分散在各地奔走，因此教廷並沒有特意培育多餘的戰馬飼養在分部。正因爲聖騎士一直供不應求，現在人數最少的第五分隊正面臨解散的命運，失去分隊的聖騎士將會被分散重新編入別的分隊，對於他們來說這是非常難受的事情。」

夏思思訝異地反問：「等等！你這句話有點奇怪……難道分隊的人數都不是統一的嗎？」

這回輪到凱文驚訝了，「當然！難道伊修卡祭司沒有告訴過妳嗎？雖然最理想是每分隊平均五百人，可是人數一直不足。近年來身具光系元素的嬰孩愈來愈少，我們第七分隊的人數算是多的了，第四分隊早就因人數不足而解散，第五分隊人數最少，幾乎可算是名存實亡了。」

少女立即心虛地移開了視線。她本就對政治沒興趣，每次少年祭司說及王室與教廷的事情時，夏思思總是左耳進右耳出，絲毫不放心上。

聽過凱文詳盡的講解，少女這才知道全國聖騎士的人數也只有二千多人而已，竟只比中國的大熊貓多一點點，果然是珍貴的存在。

若讓埃德加他們知道聖騎士的存在竟讓她聯想起熊貓這種可愛的國寶級生物，不知道他們會作何感想呢？夏思思甩了甩頭，把這有點惡劣的奇妙想法拋開，道：「可是，難道就沒有辦法借來好一點的馬匹嗎？」

這樣下去也不是辦法，光是這種程度便令身下的馬兒騷動不已，若眞的直接遇到魔族攻擊，只怕還未應戰這些坐騎就會先把他們拋下馬來。

「教廷方面是不用想了，但也不是沒有法子……」想了想，凱文把視線投向自家隊長，看到埃德加點頭示意後，青年這才續道：「依路線前進，馬上我們便會到達西方軍的奈利亞要塞，也許我們可以向騎兵團借一些戰馬使用。」

「那不是很好嗎？為什麼愁眉苦臉的？」歪了歪頭，夏思思不明白眼前的聖騎士為什麼會露出為難的神情。

「這個嘛……如果我說，這次借用馬匹的事情想要由『勇者』出面……」

「我拒絕。」

「就猜到妳會這麼說……」一臉「果然如此」的神情，凱文大大地嘆了口氣。

看到青年如此為難，夏思思奇怪地詢問：「聖騎士不是在哪兒都很吃得開的嗎？既然如此，你們直接公開身分向騎兵團借就好了嘛！難道教廷與騎兵團表面和睦，實則不和？」

「思思妳別亂說，這種話傳出去可不得了。」慌亂地制止少女的胡亂猜測，凱文這才解釋道：「奈利亞要塞的騎兵團是國家的正規軍，不僅軍紀嚴謹，每名騎兵皆是經歷了無數戰亂、擁有實戰戰績的好手。即使不懂魔法與神術，他們仍能以強大的實力守護邊界，頑強地對抗魔族的入侵，是非常讓人尊敬的戰士。」

說到這兒，青年露出有點無奈的神情，道：「而統領整支西方軍的是諾耳曼將軍，他是一名很出色的軍官，這點無可置疑。然而他卻是思想很傳統的老派軍人，就是……呃……」

看到青年一副不知該怎樣形容才好的表情，夏思思體貼地把話接下去，道：「就是那種沒腦守舊的老頑固對吧？」

「對對！就是這樣……不！不對！」下意識附和了半晌，凱文這才驚覺少女到底說了什麼，立即昧著良心連聲否定。

「那到底是『對』還是『不對』？」勇者不耐煩了。

看不過眼的冰山隊長不悅地皺起了眉，道：「思思，別再逗凱文了，談回正事吧！」

令人懷念的銳利寒氣瞬間襲來，可惜夏思思卻不吃這套。令人訝異的卻是插進來打圓場的人竟是奈伊，他道：「思思，我看凱文是眞的有爲難之處，妳就聽聽他們怎麼說吧！」

頓時，青年的發言惹來眾人充滿訝異的眼神。

面對意義不明的炙熱視線，奈伊有點退縮地縮了縮身子，神情很茫然地道：「我……說錯什麼了嗎？」

盈滿智慧的眸子閃爍著溫暖的光芒，夏思思踮起雙腳，伸手摸了摸男子漆黑的髮，道：「不，只是很高興，因爲以前的奈伊是不會像這樣去爲凱文解圍的。」

面對少女直接的「讚揚」，奈伊笑開了臉，以很燦爛的笑容說道：「我也很高興，思思愈來愈愛我了！」

少女輕撫著大型黑犬的手猛然停頓。

看到夏思思以及身旁的同伴們全數僵硬，不明所以的奈伊頓時露出難過的神情道：「艾莉告訴我這就是愛。難道思思妳不愛我嗎？妳把我從封印中解放出來，還允許我留在妳的身邊，我本以爲至少思思是愛我的。」

看奈伊說得可憐，沮喪的神情怎樣看都像頭無精打采地垂下耳朵尾巴的黑犬，夏思思沒有多想，輕率的話語便脫口而出，道：「笨蛋！我當然喜歡你！誰會把討

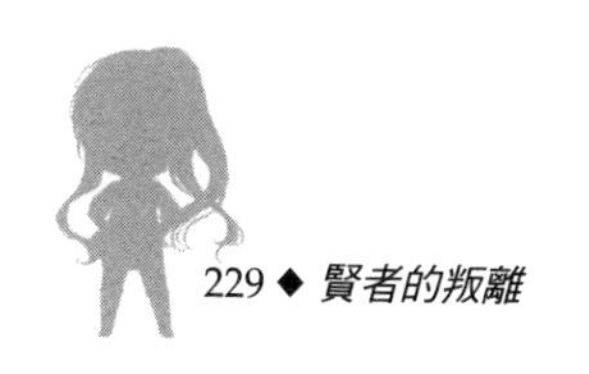

厭的人留在身邊啊？」

奈伊霍地抬頭道：「也就是說，思思妳是愛我的？」

「可不可以別『愛』來『愛』去!?」在內心強烈吶喊著的勇者大人，在同伴們戲謔的眼神，以及魔族期盼的神情下，強忍住扯髮的抓狂衝動，以哄小孩的語氣敷衍道：「是是，我當然愛你了……」

《懶散勇者物語．卷三》完

SIDE STORY
緋紅之劍

傳說，被眞神卡斯帕從異界召喚而來的初代勇者，是一名擁有美麗而特異緋紅髮眸的俊美男子，同時更是智慧與力量集結一身的劍術高手。

他擁有能看出世間一切謊言的能力，沒有任何罪惡能逃過那雙緋紅的眼眸。熱愛這個世界的初代勇者在封印闇之神後並沒有回歸自己所屬的世界，而是周遊於各個領地，以制裁罪人為己任。那揮舞著聖劍的英姿受到萬民景仰，這名勇者被後世之人尊稱為「緋劍」。

他的後裔繼承了父親那特異的緋色以及那能看透眞實與謊言的能力，被王室封爵並且世代禮遇，不但地位僅次於王室及教廷，繼承「緋劍」名號的人更擁有能隨意斬殺有罪官僚的特權。

這是一個繼承了這個緋色血脈的三個孩子的故事。

「天呀！這、這到底是什麼東西！」年老的老夫人震怒又驚懼地盯著床上的一對雙胞胎，那是一對很可愛的姊弟——只要忽略兩人的異色雙眸，以及女嬰身上的黑色羽翼的話。

一把拉扯著生產後身體仍舊虛弱女子的頭髮，老夫人怒吼道：「妳這個賤人！到底是懷了哪個男人的野種!?」

「那是卡特的孩子呀！相信我，那眞的是他的孩子！」強忍著頭上的痛楚，女子淒楚惶恐地哭叫著道：「我也不知道爲什麼會這樣，但我絕對沒有做出有辱家聲的事情！」

「卡特的孩子？」老夫人冷笑了起來，盛怒下的她只想親手殺掉眼前的孽種，「嬰兒的確有一隻眼眸是緋紅色的，但異色雙瞳是怎麼一回事？還有這女嬰，我可不記得家族中出生過有黑翼的孩子！」

「母親！」風塵僕僕地由外地趕回來的孩子的爸爸，年輕的現任「緋劍」卡特伯爵剛進入房間，便看到母親要用短刀殺掉床上妻子的一幕，慌忙阻止老夫人那奪命的一刀，卡特護住嚇呆了的妻子，道：「母親！請住手，這對雙胞胎……的確是流著我的血脈所誕生的孩子。」

「怎麼可能……」以家族的血脈自豪的老夫人在聽到眞相後，仍是無法接受這對詭異的雙胞胎便是她的親孫兒，失神地喃喃自語道：「怎麼看他們都是魔族的孽種……難道是妳的血統有問題!?」說罷，再次露出凶狠的眼神，銳利地盯向那躲在兒子身後的柔弱媳婦。

「不是的，母親，瓊安她只是普通的人類，這點我可以保證。」溫柔地安撫著失聲痛哭的妻子，卡特斬釘截鐵地說道。

既然是身爲「緋劍」的兒子所說的話，那麼老夫人即使再不願意也不得不承認眼前的「怪物」便是自己的孫兒，道：「既然是你們所生的孩子，怎麼……」說到這兒，就連一向強悍的老夫人也問不下去了，她多希望這一切只是場惡夢。

「我只知道孩子們的血被一些不潔的東西玷污了。」卡特毫不厭惡地抱起了雙胞胎中的姊姊，凝神細看道：「是暗紫色的魔族之血。」

「暗紫色的……」瓊安像是忽然想起了什麼，緊捉著丈夫的手，道：「卡特！斐迪南醫生開給我的藥，不正正就是暗紫色的嗎？」

「斐迪南醫生？」皺起了眉，卡特努力思索著這個陌生的名字。

老夫人也看出不對勁，道：「就是你邀請來爲瓊安查看胎兒的那個名醫呀！」

「瓊安早已有照顧她的醫生，我並沒有邀請什麼名醫過來。」卡特的臉色頓時變得很難看，道：「母親，那個人現在在哪兒？」

瓊安低聲飲泣道：「他走了。那個男人帶著有你筆跡的親筆書信來訪，因此我們也不疑有他。他檢查後說我的胎位不好，調了一些藥，叮囑我務必每天飲用以後便離開了。」

「你們中計了。」卡特凝望著懷中的小小女嬰，哀傷地道：「只怕那名所謂的『名醫』眞正的目的，是斷絕我們的血脈及敗壞『緋劍』的名聲。只是不幸中的大幸是他並不知道瓊安所懷的是雙胞胎，因爲藥力一分爲二的緣故，嬰兒並沒有完全魔化。」

「也說是說，他們或許仍帶有先代的能力了？」老夫人厭惡地皺了皺眉，心想讓怪物繼承「緋劍」名號這種事情她無論如何是不能接受的！

搖了搖頭，卡特嘆了口氣，道：「可惜這是不可能的事情了。由這兩名孩子沾染上魔性的一刻起，他們便無法繼承我們血脈中特有的力量。」

老夫人聞言心中暗喜，心想這麼一來，她便可以無所顧忌地把這雙「怪物」丟棄掉。

也不知是否眞的是因爲這對嬰兒而帶來了不祥，雙胞胎的母親——溫柔而美麗的瓊安在孩子誕生後不久，便忽然因急病去世。老夫人堅稱是孩子種下的孽，與兒子爭論良久的最終結果，是卡特願意迎娶同樣流有勇者血脈的表妹爲妻，來換取讓這雙小小的姊弟繼續留在家族中。

即使如此，這對可憐孩子的生活仍沒有變得稍微好過。除了偶爾會回來大屋的父親能讓他們感受到親情的溫暖外，上至祖母下至傭人，無一不對他們冷眼相待。尤其是擁有黑翼的姊姊，在老夫人的眼中她根本就是家族的恥辱，老夫人無時無刻都在想盡辦法想要將這雙孩子趕走。

然而相比於老夫人的謀算，卡特的新任妻子對於這對小姊弟來說卻是一個更大的威脅。

這個與老夫人同樣性情高傲冷酷的女人，是個對權力懷有異常慾望及執著的女子，這對雙胞胎正好是她獲得家族權力的絆腳石。卡特敏銳地察覺到妻子對兒女們的加害之心日益明顯，偏偏由於「緋劍」的職責，必須遊走於各個領土的他無法長

期留在大屋中保孩子周全。

與其任由孩子們每天惶恐度日，倒不如讓兩人遠離是非紛爭，在外界自由自在地生活。想到這裡，卡特雖然滿心不捨，但身爲父親的他還是暗地裡下了決定。

在雙胞胎滿十歲那天，卡特總算答應了老夫人鍥而不捨的遊說把孩子送走。然而他預計不到的是，老夫人對他們的厭惡，長久累積下來竟已到達了憎恨的地步。

「絕不能讓這對孽種處在一起，就把他們送往相反的方向吧！女的帶往東方，男的則往西。地點的話……你們應該心中有數了。」

「可是……主人方面……」傭人們戰戰兢兢地詢問。

「即使卡特事後知道我把他們丟掉又能怎樣？到時候這對『怪物』想必已經死了。我是他的母親，他除了在心中恨我以外又能如何？」老夫人殘酷地說道。

那對擁有異色雙瞳的小小雙胞胎一直默不作聲地聽著大人們冷酷殘忍的話語，即使對方在討論著兩人的去向，但這對年幼的孩子依舊是毫不動搖，緊緊地牽著彼此的手安靜聽著。

「眞是令人感到不舒服的孩子。」看到孩子們不哭不鬧，表現出連成年人也自愧不如、絕不屬於這個年紀孩子應有的成熟，雙胞胎的詭異就連傭人也感到一股寒意，心裡毛毛的。

最終孩子們那雙一直緊握著的手還是被強行分開了，男孩將被送往西方，那被人們稱作活人墓穴的亡者森林。女孩則要被帶往東邊，丟棄在從沒有人能活著通過的廣闊沙漠裡。

就在雙胞胎被強行分開之際，男孩忽然用力掙脫了傭人的束縛，緊緊地抱住了由出生起從未分開過的姊姊，道：「等我！伊妮卡，我會來接妳的。」

女孩同樣緊緊回抱著對方，搖了搖頭，語氣異常堅定，道：「不！我是姊姊，姊姊要保護弟弟才對。我會來西方找你的，葛列格。」

幾年後，一個擁有緋色髮色及瞳孔的孩子誕生世上。這個於眾人期待下出生的孩子受盡寵愛，沒有逼害，沒有分離，繼承「緋劍」稱號的孩子，被取名爲奧汀。

雙胞胎的存在成爲了家族的禁忌，一直誤以爲自己是獨生子的奧汀理所當然並不知道自己還有一對兄姊。直至有一天，他遇上那名血脈相連的兄長爲止。

「如何？有什麼消息嗎？」艾維斯詢問剛從外界回來的少年，葛列格抖掉斗篷上的雪，嘆了口氣道：「沒有。」

安慰地拍了拍友人的肩膀，看到對方這幾年間毫不間斷地尋找，即使是與此事沒有絲毫關聯的艾維斯也不由得爲之動容。好幾次想對他直言，或許當年的那名小女孩早就葬身在東方沙漠了，畢竟那個時候的他們還只是十歲的小孩。可是看到葛列格如此確信對方還活著，艾維斯好幾次想要說出口的話，最終又吞了回去。

似乎猜想到艾維斯想說的話，葛列格凝望著火光說：「我答應過會去接她。」

艾維斯靈光一閃，也走到火堆旁坐下來，問：「你這幾年都是在東方搜尋，何不回到當年你們長大的大屋看看？」

看著火光、頭也不抬，葛列格冷冷地道：「我不想回去那個地方，相信她也一樣。」即使當年的小女孩能夠安然長大，即使現在的她生活再貧困，他也相信對方絕不會回到大屋自取其辱。

「可是說不定能打聽到什麼線索。」艾維斯努力遊說著：「即使她沒有回去，但那兒畢竟是你們兩人的『根』，說不定能得到什麼有用的情報。你不認為有一試的價值嗎？」

縱使情感上是萬般不願意，但理智上還是明白好友的話是對的。一直在東方漫無目的地打轉也不是辦法，或許回去一趟眞的避免不了。

看到紅髮男子臉上明顯出現動搖的神色，艾維斯笑道：「反正這場大風雪短時間內也不會停，好幾天我們都無法打獵了。交代一下那群小鬼後我們便出發吧！」

葛列格聞言不禁怔了怔。

我們？

「我只是回去看看而已，犯不著兩人一起過去呀！」葛列格慌忙拒絕艾維斯的同行。老實說，他還眞的有點怕眼前這名看起來斯文無害的少年，總覺得他這次主動吵著要一起去，目的絕不是打聽情報那麼簡單！

佔百分之九十的主要目的，絕對是看不過那個家族的所作所為，想要把那兒鬧個雞飛狗跳！

然而很可惜，知道是一回事，現實中能否阻止卻又是另一回事。所謂的首領與副首領最大的分別就是首領比較強勢，最終葛列格只能嘆氣連連地與艾維斯一起回到久違的王都。

兩人卻在荒郊的雪地上，遇上了意想不到的人。

一輛豪華馬車停在兩名青年旁邊，葛列格看到刻在馬車上的緋紅色寶劍時，全身一僵，神情變得非常冰冷。

馬車的簾幕被一隻小小的手掀起，那是個有著緋紅髮色與眼眸的小男孩，道：「你們是旅行者嗎？現在風雪這麼大，不介意的話我們順道載你們進王都吧！」

「奧汀！」一個女聲從馬車中傳出，葛列格不用猜也知道這正是後母的聲音。即使對這個女人的記憶隨著年月的逝去而變得模糊，可是對方那不可一世的語調完全與當年無異，道：「他們只是普通平民，怎能坐我們印有家徽的馬車！給他們幾枚銀幣打發掉吧！」

葛列格對女子的這種行徑見怪不怪了，艾維斯聞言卻不禁皺起了眉，心想：我們又不是乞丐來討飯吃，哪有人這樣子說話的？

少年正要反脣相譏，卻見那名年幼的孩子已面露不悅，冷起一張臉說道：「父親說出門在外應互相幫助，也自小教導我除了『身分』，世上還有很多更值得我們重視的事物。」

一番出自小小孩童口中的話說得老氣橫秋，而且意外地有威嚴。只見馬車內的女子似乎對奧汀滿忌憚的，看到兒子態度堅決也就不再言語。

想不到會在這兒遇上未曾見過面的弟弟，眼看他小小年紀卻明辨是非，那副正氣凜然的樣子活脫脫就是父親的翻版。葛列格只覺胸口一熱，差點兒便想要與他相認，可是一想到後母與祖母那強行拆散他們兩姊弟、並把年幼的他們丟掉的惡行，頓時如迎頭被淋了一身冷水似地，對親情的渴求瞬間冷卻下來。

最終一咬牙，葛列格狠下心拒絕道：「多謝你的好意，我們心領了。只是這兒與王城的距離並不遠，我們自己步行過去便可，實在不敢有勞伯爵。」

「這樣子嗎？」奧汀的語氣透露出隱藏不住的懊惱。不知爲何，這名紅髮綠眸的獨眼少年給他一種很親切、很想與對方親近的感覺。自小他就不是黏人的孩子，但在聽到葛列格拒絕的話時竟小小地失望了一下，著實讓奧汀暗地裡爲自己的失常吃了一驚。

看了看好友，再看了看失望的奧汀，艾維斯忽然賊賊地笑了。在兩人轉身離開的瞬間，艾維斯手一揚，快速地拿掉了友人臉上的眼罩。葛列格慌亂地想要用手遮掩起來時已來不及，奧汀清清楚楚地看到少年眼罩下的眼眸竟是與自己一樣，特異又美麗的緋紅！

「等、等一下！」不理會奧汀的呼喊，葛列格一手拉起仍舊在爲惡作劇而大笑不已的艾維斯，一溜煙地逃掉了。

本來對葛列格的身分只是半信半疑，可是看到對方如此慌亂的舉動，奧汀的懷疑頓時深了幾分。雖然只有一隻，但對方的確是有著緋色的髮色與眼眸。雙緋一向是他們家族的特徵，只此一家別無分號，孩子頓時疑心大起。

被奧汀詢問眞相的夫人知道謊言對身爲緋劍的兒子是沒用的，可是緋劍只能探測出謊言而已，卻無法分辨出話裡是否有所隱瞞。在心虛以及仇恨等複雜又矛盾的心理下，她只告知了奧汀一半的眞相，也就是孩子擁有一名混有魔族之血的兄長的事實。至於那名與魔族無異的女孩，則完全被她在故事中抹煞了。

從那天起，奧汀念念不忘的就是把流著同樣血脈的兄長迎回家族。

居住於亡者森林的紅髮青年，則依舊是毫不間斷地打探著雙胞胎姊姊的消息。然而此後他卻有了微妙的改變，偶爾他會呆呆地看向王都的方向，一臉凝重卻又懷念的神情令人猜不透他在想什麼。

葛列格所不知道的是，當年被遺棄在沙漠的小女孩為了尋找他，早就離開了沙漠向西方走。只是在漫長的路途中，年幼的伊妮卡卻遇上了命中註定的因緣。

當然，這又是另一個故事了。

〈緋紅之劍〉完

後記

大家好！不知不覺《懶散勇者物語》已來到第三集了！

最近天色總是很陰暗，連綿不絕的大雨令人心情灰暗，整個人也變得懶洋洋的提不起勁。很想念沐浴在陽光下的感覺耶！

來到第三集，緋劍家族的恩怨情仇逐漸浮上水面了。

如果當年緋劍家的家主沒有在妻子懷孕期間離開家裡、如果恩伯特博士沒有把伊妮卡交托給阿爾、如果艾莉沒有闖入囚禁伊妮卡的牢獄，那麼很多人的命運將會改寫。

可如果葛列格沒有被放逐至亡者森林，那麼他便不會認識勇者一行人，不會與奈伊等人同行，也不會遇上安朵娜特公主。

同樣，如果伊妮卡不是身懷魔族之血引起佛洛德的興趣，也許賢者便不會收留那個潦倒的小女孩，二人也不會相知相愛了。

一瓶來歷不明的魔族之血徹底改變了很多人的命運，破壞了一個原本應該幸福美滿的家庭、也令很多人感到痛苦，可是卻又把不少也許一生也不會彼此接觸的人連繫在一起。

所以說，命運還眞是玄妙啊！

這一集勇者等人來到妖精原野，在那裡，思思在母樹力量的影響下看到了「未來」。在最初構思《懶散勇者物語》這個故事時，我其實曾經想過讓它作爲故事的結局，不過最後還是決定讓這個有點小悲傷的未來以「夢境」的形式出現。不知道在結局我要是把思思送回地球、讓她與同伴們分離的話，大家會不會收貨呢？XD

另外，也許是受陰暗的天色所影響，最近總是很想讓某些重要角色領便當（汗）。

所以太陽啊～快點出來吧！

□

前兩天家裡發生了不得了的意外！

由於父母外出旅行的關係家裡沒人，我會在上班前把兩隻小狗安放在露台任由牠們自由活動。下班回家後我照常把小狗放回客廳，卻驚見整個露台滿滿都是鮮紅色的小狗血腳印!!

我立即查看兩隻小狗，順帶一提牠們此時完全看不出有任何異樣，如常在我前面打轉著歡迎我回家，然而牠們轉著轉著卻在客廳的地板上轉出無數血腳印!!

一時間我還眞的弄不清楚到底受傷的是誰……最後檢查之後原來是Trouble斷了一隻手指……

觀察露台的環境，地面上有明顯的一灘血，鮮血上有掙扎的痕跡，然後便是滿地的血腳印。由於當天天氣很潮濕，我猜測也許是地滑令Trouble不小心滑倒，結果滑倒時折斷了其中一隻手指！

不幸中的大幸是小狗除了斷手指外便沒有其他傷勢，要是牠破頭或是骨折我也不知道該怎麼辦。一想到我上班那麼多個小時，小狗受傷後一直在家等我回來我便心痛死了！

現在Trouble已沒有大礙，但爲免牠舐傷口只怕要戴喇叭套一段時間啦！希望牠快點康復吧！

碎碎唸就到此爲止了，謝謝大家的購買，我們第四集再見！

香草

【下集預告】

懶散勇者物語 *vol.4*

埃德加頭大了，因爲勇者大人借到馬匹以後蹺班了！

爲了外借無懼魔族氣息的戰馬，夏思思再度亮出粗框眼鏡，
難得高調地前往西方要塞奈利亞。
結果卻莫名其妙成了驍勇善戰西方軍的教官？
而當初勇者順手牽羊帶走的水晶球，似乎藏有極大祕密？
新的冒險，令人期待的新同伴也即將登場！

卷4 離家出走的勇者 · 敬請期待～～

國家圖書館出版品預行編目資料

懶散勇者物語 / 香草 著.——初版.——台北市：
魔豆文化出版：蓋亞文化發行，2013.04
冊；公分.
ISBN 978-986-5987-18-3（第3冊；平裝）

857.7 101026390

FS038

懶散勇者物語 vol.3

作者 / 香草
插畫 / 天藍　　封面設計 / 克里斯
出版社 / 魔豆文化有限公司
地址◎ 台北市103赤峰街41巷7號1樓
電話◎（02）25585438　傳真◎（02）25585439
部落格◎ gaeabooks.pixnet.net/blog
臉書◎ www.facebook.com/Gaeabooks
電子信箱◎ gaea@gaeabooks.com.tw
投稿信箱◎ editor@gaeabooks.com.tw
郵撥帳號◎ 19769541　戶名：蓋亞文化有限公司
發行 / 蓋亞文化有限公司
法律顧問 / 宇達經貿法律事務所
總經銷 / 聯合發行股份有限公司
地址◎ 新北市新店區寶橋路二三五巷六弄六號二樓
電話◎（02）29178022　傳真◎（02）29156275
港澳地區 / 一代匯集
地址◎ 九龍旺角塘尾道64號龍駒企業大廈10樓B&D室
電話◎（852）2783-8102　傳真◎（852）2396-0050
初版四刷 / 2016年12月
定價 / 新台幣 199 元
Printed in Taiwan

ISBN / 978-986-5987-18-3

魔豆

魔豆